조선족문학에 나타난
삶의 현장과
의식 변화

조선족문학에 나타난
삶의 현장과
의식 변화

임향란 지음

한국학술정보㈜

하고 싶은 말

　하루아침에 내가 '모든 걸 이뤘다'는 남편의 말은 일리가 없는 것은 아니다. 1993년부터 박사공부 시작해서 9년 만에 박사학위 따고 거의 비슷한 해 나랑 같이 정교수로 진급한 남편은 참으로 억울하기도 할 거다. 모든 면에서 훌륭한 남편한테 비해 너무도 부족한 내가 작년에 박사졸업하자마자 정교수에 학과선줄군, 학술선줄군, 연구소 주임으로, 거기에 상당한 대우를 받고 교수로 취직된 것이 너무도 미안하기도 하고 안쓰럽기 그지없다. 하긴 나보다 훨씬 일찍 박사졸업하고 정교수 진급에 열을 올리고 있는 친구들에 비해서도 너무도 빠른 성공이라고 할 수 있겠다.

　하지만 돌이켜 보면 그것이 아무런 대가, 노력이 없이 이루어진 것은 아니다. 서른 대목에야 석사공부 시작한 나에겐 웬만한 결심이 아니면 도저히 불가능한 일이라고 봐야 할것이다. 친구, 일가친척, 아는 모든 사람들은 그 나이에 무슨 큰 영광을 보겠다고 공부시작하냐고 말들 했지만, 남편의 열정적인 지지와 적극적인 도움이 나에게 굳은 결심을 가지게 하였다.

　중국유학생이라고 하나도 없는, 아는 사람이라고 하나도 없는, 전통 문화가 그대로 보존되어 있는 안동의 명문…안동대학에서 나의 유학공부와 생활은 시작되었다. 생각하지 못한 것은 아니지만 일주일 지나도 말 한마디 할 사람 없는 곳, 밥 먹을 때만 입 열기회가 있는 이곳에서 고독과 외로움은 만만치 않았다. 더더구나 전통문화, 양반문화가 똘똘 뭉쳐있는 안동에서 다른 사람들과 어울리기는 쉬운 일이 아니었다. 공부하다가 가끔은 얘기 할 상대가 필요한 때도 있었다. 그러나 거의 대화 없는 생활에서 다만 얘기를 할 수 있는 상대는 고향에 있는 부모님과 남편뿐이었다. 그것도 자주 국제전화하다보니 전화비도 만만치 않았다. 그렇게 한 학기 지나니 차츰 아는 사람도 생기고 대학원생들과도 어울리게 되었다. 더욱 힘들었던 것은 중국에서 배웠던 지식이란 동양문학에 관한 이론들뿐이었다. 그런데 여기서 듣는 서양이론은 보지도 듣지도 못했던 온통 어려운 용어들뿐이었다. 게다가 서로가 다른 체제에서 교육을 받아온 나와 한국학생들 사이 수업과정에서 관점이 서로 달라 갈등을 빚어냈던 일도 힘들었던 시련이었다. 더욱 힘들었던 것은 집에서 교육비를 받으면서 공부하는 국내생들과는 달리 모든 것을 자체로 해결해야 하는 나에게 학비, 생활비, 기숙사비를 벌어야 하는 것은 너무나 힘들었던 일이다. 아는 사람 하나도 없는 곳에서 알바 찾기도 쉬운 일이 아니고 또한 알바 하는 것도 당시 유학생들에게 허용된 일이 아니었다. 이런 객관적인 조건은 내가 감내하기 너무 어려웠던 일들이었다. 그렇지만 이런 시련은 어려움을 딛고 일어서서 더 높이 더 열린 세계를 볼 수 있게 하였으며, 문학도의 인생의 첫걸음을 딛게 할 수 있었던 계기였다. 한마디로 정신적, 육체적, 경제적 고통을 겪고 나니 내 인생이 달라졌고 한 단계 업그레이드할 수 있었던 좋은 기회였다. 더 구체적으로 인생 공부와 학문공부를 동시에 한 셈이다.

물론 이런 것들이 나 혼자의 힘으로 이뤄진 것은 아니다. 우선 늘 엄격하지만 학문의 골문을 터주시고 열심히 지도해주신 손병희교수님한테 진심으로 존경과 감사의 마음을 전한다. 한 학과는 아니었지만 이모저모로 신경 써 주신 여러 교수님과, 친구가 되고 도움이 되어준 학과 선생님들에게 감사의 말을 전한다. 또 논문의 수정에 많은 도움을 주신 연변대학의 교수님에게도 이 글을 통해 감사의 말을 전한다.

특히 경제적으로 든든한 후원이 되어주신 한국 로타리클럽 우동휘회장님한테 진심으로 감사의 말씀 드린다.

또한 이 책을 빛을 보게 해주신 한국학술정보 대표 채종준사장님께

존경과 감사의 말을 전한다.

마지막으로 내가 하루아침에 '모든 걸 이루게 해' 준 가족, 특히 남편한테 고마운 마음과 사랑하는 마음을 전한다.

이 책의 내용들은 대학원 과정 때 열심히 썼던 논문과 졸업논문들을 종합하여 간추린 내용들이다. 미비한 줄로 알지만 독자들의 아낌없는 사랑과 관심, 비평을 기대한다.

글쓴이로부터

목 차

제 5 부

조선족문학의 삶과 민간문학

제 1 부

조선족문학에 나타난
현실인식과 대응

| 심련수 시를 중심으로 |

서 론

일제강점기 중국조선족문학1)은 국외에서 행해진 국문문학의 하나로서 중요한 연구과제가 아닐 수 없다. 특히 이 시기에 국내에서 국문문학의 전개가 불가능했던 사정으로 미루어 보아 중국 간도지역의 국문문학은 한국근현대문학사의 공백을 일정하게 메워준다는 점에서 뜻이 있다. 알다시피 1941년부터 1945년까지 한반도의 문학계는 일제의 조선어 말살정책, 창씨개명, 각종 문학잡지의 강제폐간으로 국문문학이 제대로 전개되지 못하고 일문으로 된 친일문학만이 존재하였다. 더욱이 이름난 많은 작가들마저도 일제에 순응하거나 절필함으로써 국문문학이 위기에 처했다. 당시의 이런 한국문단과 사회적 상황을 일부 문학사

---

1) 중국조선족문학의 범주를 어디에 둘 것인가를 두고 학계에서는 오랫동안 논쟁해왔다. 조성일·권철 주편(『중국조선족문학사』, 연변인민출판사, 1990년 참조) 등의 견해는 속지주의 원칙에 따라 무릇 중국 경내에서 활동한 우리 민족 문인들의 작품은 모두 조선족문학의 범주에 넣고 있다. 그 결과 작가문학의 경우에는 경술국치 전후에 중국에 들어온 김택영, 신정 등의 문학을 조선족문학의 효시로 보고 있다. 그에 반해 김호웅(「조선족문학의 역사적 흐름과 그 잠재성 창조성」, 『문학과 예술』, 중국 연변사회과학원, 2001년 4월호 참조) 등은 1933년 무렵 만주에서 출범한 <북향회>와 그 동인들의 문학을 중국조선족문학(실제로는 재만조선인문학)의 효시로 보고 있다. 뿐만 아니라 김해웅(「심련수의 생애와 시 세계 연구」, 국제 한인문학의 현황과 과제, 국제 한인문학회, 2003. 5.)은 1949년 중화인민공화국 창건과 더불어 중국조선족으로 구분된 후부터 생산된 문학을 '중국조선족문학'이라고 보고 있다. 필자는 김호웅의 의견에 동조한다.

가들은 암흑기라고 명명한 바 있다2). 윤동주는 한국근현대문학사에서 널리 알려진 저항시인으로 평가받지만 沈連洙는 아직까지 한국근현대문학사에서 식민지시대의 알려지지 않은 한 시인으로 남아 있다. 하지만 이러한 열악한 조건 속에서도 중국 동북지역에 이주하여 연길과 용정 등에 모여 살던 조선족 문인 리욱, 함형수, 윤동주, 윤해영 등 시인들은3) 이전의 동인지인 ≪북향≫을 비롯해서 ≪재만조선시인집≫(1942), ≪북원≫(1943), ≪만주시인집≫(1943)4) 등 국문으로 된 작품집들을 출판하여 한반도에서 소실되어 가던 민족문학의 맥락을 대륙에서 이어왔다. 沈連洙 시를 한마디로 낭만적 서정시에 속하고 상징주의 시라고 말할 수는 없지만 그의 시가 대체적으로 은연중에 상징을 표현수단으로 삼고 있는 것은 확실하다. 沈連洙가 비록 상징적 기법을 의도적으로 사용하지 않았다 하더라도 그가 처했던 시대상황은 그에게 어쩔 수 없이 '간접적인' 표현방법을 쓰게끔 했기 때문에, 그의 시는 소박한 의미의 '상징적인 시'가 될 수 있었다. 여기서는 沈連洙라는 한 개인이 정면으로 받아들이지 않으면 안 되었던 시대와 역사적 상황에 관련되는 인식의 표상들이 다루어진다. 沈連洙의 시는 사회 역사적 상황의 상징적 표현을 통하여 그의 현실인식의 내면풍경을 표출하고 있다고 본다. 그것은 구체적으로 비극적 현실로 파악됨과 동시에 실향과 방랑으로 표출되고 있다. 물론 沈連洙의 삶은 식민지의 비극적 상황에서 자유로울 수 없었다. 그러한 그는 이런 비극적 상황에 맞서는 '姿勢'를

---

2) 이원길, 「중국조선족문학사에서의 또 하나의 혜성」, 『문학과 예술』, 중국 연변사회과학원, 2001년 5월호, pp.127-128.
3) 임범송·권철, 『조선족문학연구』, 흑룡강조선민족출판사, 1989. p.24.
4) 1933년 11월 간도 땅에서 문학동인 <북향회>가 결성되고, 그 다음 북향동인들이 펴낸 ≪북향≫지가 출판되었으며, 그 뒤를 이어 ≪만선일보≫ 예문란, 1940년 초반에 출판된 ≪재만조선인시집≫과 ≪재만시인집≫, 종합소설집 ≪싹트는 대지≫, 안수길의 단편집 ≪북원≫과 ≪북향보≫ 및 『만주조선문예란』 등이 있었다. 이것은 김호웅, 「조선족문학의 역사적 흐름과 그 잠재적 창조성」, 『문학과 예술』, 중국 연변사회과학원, 2001년 4월호를 참조한 것이다.

취했다. 이로부터 이 부분에서는 그러한 비극적 현실인식으로부터 그 현실에 대응하는 극복의지 즉 조국광복의 미래지향적 메시지를 알아보고 그의 시에 나타나는 저항적 성격을 통해 그의 시작(詩作)의 태도를 개괄하고 그 대표작들을 분석할 것이다. 沈連洙의 시를 민족적 저항시라고 자리매김한 기존의 연구5)가 타당성이 있다면 그것은 바로 이 자리에서 논의될 수 있을 것이다.

---

5) 沈連洙의 시를 민족적 저항시라고 매김하는 기존연구자들은 아래와 같다.
   김용운, 앞의 글, p.621.
   이명재, 「민족 수난기 항일문학의 표상」, 『문예중앙』, 계간 2001년 여름호, p.415.
   『강원도민일보』, 「일제의 항거 꼿꼿한 절개 시에 고스란히」, 2001. 3. 1.
   『강원도민일보』, 「저항시인 심련수 '생가터 찾았다'」, 2000. 8. 21.
   『광주매일신문』, 「또 하나의 저항시인 용정의 심련수」, 2000. 7. 10.

현실인식의 양상

위에서도 밝히다시피, 沈連洙가 살아온 시대는 민족의 암흑시대였다. 비록 沈連洙가 살았던 중국의 간도지역은 한반도와는 달리 漢族, 滿族 등 여러 민족이 부대끼면서 지내온 특수한 환경이었고, 여러 민족 사이에서 이주민으로서 韓민족의 입지는 매우 복잡했다. 특히 韓민족에 대한 일제의 탄압은 더 극심하였다. 한반도와 직결된 韓민족의 정통성 때문이었을 것이다. 따라서 어떤 의미에서 沈連洙와 같이 불의와 모순에 대응한 지식인들에게는 그러한 시대, 정치적 배경은 보다 암울한 정신적 고뇌를 생성하는 부조리한 시대일 수밖에 없었다. 시인이 시를 쓰던 1940년대는 우리 민족에 대한 수탈이 가장 가혹하던 시기였고, 수탈이 가혹해짐에 따라서 민족의 희생도 더 말할 나위 없이 많았던 때였다.

이런 암담한 현실은 우리 민족을 삶의 탈출구인 타향살이로 이끌어 갔다. 시인은 식민지 치하에서 태어나 그 비극적 삶을 폐부로 느끼며 산 사람이다. 그의 가정은 항상 가난에 쪼들렸고 살기가 어려워 머나먼 타국살이를 떠나지 않으면 안 되었다. 그의 타향살이는 결코 그 자신만의 삶이 아니라 식민지 치하에서의 고향을 상실한 우리 민족의 대이동으로 엮어진 것이다. 이로부터 식민지 현실에서 비극적 삶은 단순한 개인적 현실이 아니라 민족적인 현실이기도 하였다. 沈連洙 시에서 방랑 이미지의 중요한 점은 여러 모양의 비애 어린 방랑의식이 근원적으로 그의 가족사와 민족사로 직결된 역사적인 체험에 바탕하고 있다는 사실이다. 일찍이 강릉에서 태어나 어릴 때에 일제 식민지 통치하에서 궁핍 때문에 가족을 따라 고향산천을 떠난 생생한 삶이 기록으로 재현된 것이 그의 시다.

이런 현실인식과 비극적 삶은 그 자신을 포함한 민족적 삶에 대한 고발로서 은유나 상징적인 수법을 통해 하나의 기본 주제가 된다. <턴넬>, <가난한 거리>, <幻魔>, <거울 없는 화장실>, <밤>, <한야기>, <大地의 暮色>, <기다림>, <候鳥> 등이 이런 주제에 바쳐진 시들이다.

1) 비극적인 상황과 황폐한 삶

식민지하에서 민족의 삶은 매우 비극적이었다. 일제의 강압정책으로 말미암아 우리 민족은 정치적, 경제적, 문화적으로 막대한 피해를 입었다. 일제의 야심으로 한반도뿐만 아니라 중국 역시 많은 수탈을 당하였다. 그에 따르는 많은 민족의 희생, 유랑살이와 방랑, 그 외 일문화정책 등은 우리 민족을 더없는 참혹한 현실과 수치로 몰아넣었다. 아래에 분석하게 될 <턴넬>과 <가난한 거리>, <검은 교복> 등 작품은 이러한 비극적인 현실을 잘 말해주고 있다.

이런 비극적 현실은 시인으로 하여금 더욱 투철한 의식으로 시대적 현실상황을 인식하게 하고 어둠 혹은 밤이라는 상징적인 수법으로 시 작품에 표현하게 하였다. 沈連洙 시에서 어둠 혹은 밤이 제일 많이 등장한다고 볼 수 있는데 일반적으로 문학 속에 등장하는 밤은 양면성을 지닌, 정반대의 성격을 지닌 개념이다. 그 하나는 낮에도 밤과 같이 비현실이 실현되는 공간과 시간이다. 다른 하나는 비극적인 삶을 극대화한 공간과 시간이다. 沈連洙 시에 나타나는 어둠과 밤은 양면성을 모두 극대화시켜 나타난다. 즉 비극적인 현실을 어둠과 삶으로 극대화시킨다. 이런 시로는 <돌아가신 할아버지>, <滿洲>, <떠나는 설움>, <턴

넬>, <가난한 거리>, <검은 교복>, <밤>, <환마>, <大地의 暮色> 등
작품을 꼽을 수 있다.

그중에서 가장 비극적인 현실을 반영하는 <턴넬>, <가난한 거리>,
<검은 교복> 등 작품을 텍스트로 작가의 현실인식과 내면세계를 고찰
해보도록 하자.

> 길다란턴넬
> 캄캄한굴속
> 自然이가진 神秘를
> 뜰러놓은 微弱한 힘
> 눈을감고 걸어도
> 눈을뜨고 찾어도
> 걸키우는物件
> 밟이우는 송장
> 바닥가득 쓸어 잡버진 꼴
> 아-빛이 없어 죽엇나
> 빛이 싫어 죽엇나
> 그러나
> 또無數한 生命이
> 네루를 베고 枕木에 누워
> 지내갈 박휘를기다림을……
> 싸느란 송장의 입김에서
> 울부짓는 소리
> 우을 울어러도
> 아래를 굽어도
> 검해보이는 그 캄캄한 굴속
> 　　　　소화 17년[6]
> 　　　— <턴넬> 전문

---

[6] 소화 1년은 1926년이다. 따라서 소화 17년은 서기로 환산하면 1942년이 된다.
앞으로 나오는 소화에 대해서 다시 언급하지 않는다.

터널(tunnel)은 인간이 산·바다·강 등의 밑층을 뚫어 만든 도로나 철도 같은 통로이다. 터널은 열린 공간에 비하면 어둡고 컴컴하지만 사면이 막힌 공간에 비하면 그래도 희미하게나마 사물을 관찰할 수 있는 열린 공간이다. 시 <턴넬>은 어두컴컴하지만 양쪽이 열려 있다는 데 그 의미가 있다. 즉 양쪽이 열려 있기 때문에 빛의 희망이 보인다. 시적 상황으로 볼 때 터널은 철도가 뻗어간 통로이다. 이 통로는 인간이 자연을 정복한 일대 쾌거로 현대문명의 상징이 되기에 족한 표징의 하나가 된다.

그럼 왜 시적 화자는 제목에서 터널이라는 상징으로 희미하고 어두운 이미지를 독자들에게 보여주려고 하는가? 시대는 일제가 멸망을 앞두고 최후발악을 하던 광복을 앞둔 1943년이다. 시적 화자는 바로 이런 시대현실을 인식하고 그것을 바탕으로 시에 담은 것이다.

첫 행과 둘째 행에서 시적 자아는 단도직입적으로 '터널'을 제시하면서 '길다란 턴넬 / 캄캄한' 분위기로 이끌어가는데 마지막 행 '캄캄한 굴속' 두 행과의 조응 속에서 '길다란 턴넬'의 '캄캄한 굴속' 이미지를 갈무리하고 있다. '길다란 턴넬 / 캄캄한 굴속'에서 일제의 식민지시대를 감지할 수 있다. 셋째 행과 넷째 행에서의 '自然이 가진 神秘를 / 뚤러놓은 微弱한 힘'은 자연의 힘은 무한하고 인간의 힘은 자연에 비하여 미약한 힘밖에 될 수 없음을 설명한다. 여기서 '뚤러놓은 微弱한 힘'은 일제의 침략을 의미하고 그 미약한 힘은 오래가지 못하고 곧 멸망하리라는 암시다. 따라서 멸망을 앞둔 일제의 탄압은 더욱 창궐해진다. 그러나 이런 절망적인 배경에서도 시적 화자는 '터널'의 양쪽이 뚫린 빛과 '微弱한 힘'이라는 상징적 표현을 씀으로써 그 절망적인 '캄캄한 어둠'을 조금이나마 배제해버리는 효과를 가져오게 한다. 즉 희망적인 메시지를 전달하고 있다는 데 이 시의 묘미가 있다. '터널'은 일제 식민지 힘의 상징으로 조선이 가진 자연의 신비를 뚫기도 한다. 그런데 그 힘은 어디까지나 미약하고 일시적이라는 것이다. <턴넬>은 첫 부분에서 이런 희망적 메시지를 깔아두고 절망적인 상황을 쓴 만큼 그것은 사람들에게 절대적인 절망을 주는 것은 아니다.

하지만 '굴속'은 '우을 울어러도 / 아래를 굽어도' 한 줄기의 빛도 없는 캄캄함 그 자체다. '캄캄한 굴속'이 사람의 죽음과 연계될 때 그것 역시 다름 아닌 죽음이었다. '캄캄한 굴속'에는 사람이 죽었고 사람이 죽어가고 있다. '눈을 감고 걸어도 / 눈을 뜨고 찾어도', '걸키우는 物件'은 송장이고 '밟이우는' 것도 송장이고 '바닥가득 쓸어 잡버진' 것도 송장인데 이것은 일제의 가혹한 탄압이 가는 곳마다 더욱 잔혹해졌음을 의미한다. '그러나 또 무수한 생명이 / 네루를 베고 枕木을 베고 누워 / 지나갈 박휘를 기다리고 있음'은 더욱 창궐해진 일제의 탄압에 죽음으로써 대응하고자 하는 극단적인 방식을 노래하고 있는 셈이다. 일반적으로 자살이나 생명의 예고 없는 결속은 그 사회에 대한 가장 극단적인 반항의 행동임을 되새길 때, 죽음은 그 사회를 지배하는 주동적인 세력에 대한 가장 격렬한 반항에 다름이 아니다. 즉, 죽음은 표면적으로는 소멸을 의미하는지도 모르지만, 궁극적으로 정신적인 항구성을 보면 현실적인 모든 존재해 있는 것들에 대해 조소하고 거부하고 반항한다는 의미에서 가장 의미 있고 가장 오래가는 부정이기 때문이다. 沈連洙의 작품을 염두에 둔다면, 쉽게 말해 그것은 가열 처절한 전쟁 마당과 같은 치열함을 동반한 민족의 투사들의 용감한 정신에 비견되는 가치에 해당된다 하겠다. 하지만 시적 자아는 <턴넬>이 분명 양쪽이 뚫려 빛이 통하고 있음에도 불구하고 어두운 죽음의 이미지로 각인시키고 있다.

여기서 작품 속의 사람들이 왜 죽었으며 또 왜 죽으려고 하는가 하는 문제가 제기된다. '캄캄한 굴속'이니 자연히 어둠이 문제가 되었을 것이다. 그래서 시적 자아는 외친다. '아, 빛이 없어 죽었나 / 빛이 싫어 죽었나'. 시인의 결론은 이 양쪽에 다 있다. 바로 '빛이 없어', '싸느란 송장'은 늘어졌고 '빛이 싫어', '또 무수한 생명이 / 네루를 베고 침목을

베고 누워 / 지나갈 박휘를 기다리고 있'다는 것이다. 결국 '빛'이 문제
다. <턴넬>에서 시인은 바로 빛의 아이러니 즉 사람이 빛이 있어도 죽
고 없어도 죽는 문제를 제기하고 있다. 빛은 생명의 상징이다. 특히 터
널과 같은 어두움 속에 있는 사람은 빛이 불가결의 요소이다. 시인은
여기서 일단 터널로 상징되는 암흑한 식민지 현실의 '빛'의 부재를 고
발하고 있다. 그래서 '빛이 없어 죽었나'라는 수사학적 반문으로 긍정
적 결론을 도출하고 있다. 즉, 빛이 없음은 빛의 생성이나 빛의 있음에
대한 희구를 갈망하게 하고, 그러한 갈망의 정신적인 추구는 빛의 존재
를 당겨 오려는 실천적인 행위를 유발한다는 점에서 오히려 빛의 부재
를 부정하던 나머지, '빛이 싫어 죽었나'라는 수사학적 반문을 한 번
더 던지게끔 만드는 것이다. 희망의 부재는 절망에 대한 확신을 더해줄
뿐이라는 점은 이를 설명하고도 남음이 있다. 그렇게 함으로써 '빛이
싫어 죽었나'라는 아이러니한 수사학적 반문을 던지면서 보다 심층적인
문제로 우리를 이끌어간다. 이것은 빛이 있어야 사람이 산다는 우리의
일상의 논리를 뒤집는다. 식민지 현실의 심각성을 시인은 이렇게 파악
하고 있다. 식민지 현실에서 이래도 죽고 저래도 죽는데 차라리 죽음으
로 일제에 항거하려는 생명들에 시인은 빛의 초점을 맞추고 있다. 그래
서 그들은 '네루을 베고 / 枕木을 베고 누워 / 지나갈 박휘를 기다리고'
있다. 그들은 '싸느란 송장'이 되면서도 '울부짖는'다. 이것은 죽으면서
도 일제에 항거하는 힘 있는 외침이라고 할 수 있다. 이로부터 위에서
본 '또 무수한 생명이 / 네루를 베고 침목을 베고 누워 / 지나갈 박휘를
기다리고 있음'은 쉽게 이해가 간다. 여기서 죽음을 선택한다는 것은
일제의 최후발악에 오직 죽음으로 대응할 수밖에 없는 행동의 표현이
다. 하지만 '우을 울어러도', '아래를 굽어도' 여전히 캄캄한 굴속이다.
비록 투사들이 죽음으로 대응하고 일제에 항거하지만 현실은 어디를
가든 일제의 식민지인 캄캄한 시대라는 것을 알 수 있다.

　여기에서 시인은 투사들 죽음에 대해서 '物件', '송장', '늘어잡버진

꼴’ 등 격하시키는 시어를 사용하였는데 그것은 다름 아닌 일제 식민에서 그들의 죽음에 대해서 높이 부각하거나 찬미할 수 없었기 때문에 그 죽음을 아이러니하게 '物件', '송장', '꼴'로 격하시킴으로써 이면에 숨겨진 참뜻과 대조되는 기법을 쓴 것이다. 다시 말하여 여기에서의 '物件', '송장', '꼴'은 아이러니 기법으로서 어떤 의미에서 부정의 긍정, 격하의 높임 등 반어적인 작용을 한다고 볼 수 있다.

표면적으로 이 작품은 어두운 '터널'을 시적 대상으로 하여 극히 격앙된 어조로 연민하고 탄식한다. 그러나 시상의 전개로 보아 이 시는 작가가 소속된 집단의 세계, 즉 암울한 현실에 대한 처절한 인식에서 출발하고 있다. 그러므로 작품에 인입되는 부분의 요소들 또한 전체적인 상징체계 안에서 그 진정한 의미를 갖게 된다. '턴넬', '굴속'의 공간적 표상과 '지나갈', '기다리고'라는 시간적 표상은 시대적 상황을 암시하고 있다. 이러한 상황은 '밟이우는 송장', '빛', '무수한 생명', '싸늘한 송장의 입김에서' 등의 시어들과 결합되면서, 시인이 인식한 식민지 현실을 극명하게 표현하고 있다. '송장', '생명'은 지리멸렬한 식민지 탄압에 의해 수탈당한 민족상을 상징하며, '빛'은 생명 또는 삶에 대한 상징이다. 시인은 '네루를 베고 / 枕木을 베고', '빛이 없어 죽었나 / 빛이 싫어 죽었나'는 직유법을 기본으로 하여 대구법과 대조법을 사용하였는데 그것은 시적 구조를 형성하는 데 고도의 시대적 상징성을 획득한다. '지나갈 박휘를 기다리'고는 죽음으로 일제에 대응하는 행동이고 '울부짓는 소리'는 현실에 대한 반항적인 외침이기도 하다. 이 양자는 서로 유기적으로 결합되면서 식민지 현실의 민족적 자화상을 잘 드러낸다.

이재호는 <턴넬>에 대해 다음과 같이 평가하였다.

1943년 일본대학을 졸업하고 돌아오던 해에 창작된 것으로 알려진 시 <턴넬>은 선생의 문학적 삶을 단적으로 표현한 것에 지나지 않으나, 이

시를 읽지 않으면 심련수 선생의 문학세계를 이해하는 데 걸림돌이 되는 작품이다.7)

전반적으로 볼 때 <턴넬>은 일제 식민지 통치의 소위 '문명'의 소산인 '터널'에 시적 예각을 맞춰 캄캄한 식민지 현실을 고발하면서 1차적으로 우리 민족의 반항적인 잠재의식과 일제가 정치적으로 우리 민족을 수탈한 잔혹성을 보여주고 있으며, 2차적으로 이런 비극적 상황을 딛고 일어날 희망적 메시지도 은근히 암시하고 있다.

식민지 현실의 정치적 수탈은 우리 민족에게 극도로 황폐해진 경제적인 비극도 가져다주었다. 그것은 <가난한 거리>에서 구체적인 모습으로 나타난다.

> 내가 걷는 좁다란 골목
> 까아막케 끄실은 처마밑길
> 울없는 몽둥집과집마다
> 새까만 나무쪽 門牌가초라하고
> 누덕발래 걸린밑엔
> 주럽에 쭈그럭낯이 얼른거리고
> 헐벗은 어린아이가
> 맨땅에 주저앉어 발버둥친다
> 가난한 거리
> 때ㅅ물에 함박젖은 살림
> 번화를자랑하는 뒷골목에는
> 말못할 悲劇이 도리질하고
> 彈力잃은 창백한 血管으론
> 죽은피가 쩔눅거리나니
> 그것은 일에짖인 이거리의사내엿고
> 빛잃은 좁은거리는

---

7) 이재호 / 2001, 앞의 책, p.213.

造幣局 뒷 골목이엇다.
　　　　　　— <가난한 거리> 전문8)

　시적 자아가 걷고 있는 곳은 뒷골목에 있는 가난한 거리이다. '좁다
란 골목길'과 '까아막케 끄실은 처마밑길'이다. 길옆은 '울없는 몽둥집'
과 '새까만 나무쪽 門牌가 초라'하고 '누덕발래 걸린', '가난한 거리'다.
이 사실주의 화폭이 우리에게 먼저 안겨주는 이미지는 어둠 속의 생기
없는 피폐한 삶의 환경이다. 그리고 이런 환경에 '주럽게 쭈그럭낯이
얼는거리'고 '헐벗은 어린아이가 / 맨땅에 주저앉아 발버둥'치는 생기 없
이 죽어가는 인간들이 등장한다. 시인은 '쭈그럭낯', '헐벗은', '맨땅'의
이런 시어들을 사용하면서 굶어서 얼굴이 쭈그러지고 옷 없어 헐벗은
어린이와 집 없어 맨땅에 앉아 발버둥치는 인간들의 군상을 리얼하게
표현한다. 뿐만 아니라 '때ㅅ물에 함박젖은 살림'은 뒤에 나오는 비극
과 이어지고 있다. '말 못할 비극이 도리질하고 / 탄력 잃은 창백한 血
管으로 / 죽은피가 쩔눅거리나니 / 그것은 일에　　인 이거리의사내'에 대
한 비극적인 형상을 더욱 비참한 삶의 형상으로 부각한다. 즉 가난한
거리의 사람이 생기 없고 삶의 욕망을 잃은 전형적인 대표인물로 설정
된다.
　가난한 거리를 리얼하게 묘사하기 위하여 '골목' '처마밑길', '몽둥
집', '빨래', '사람' 등 매개물에 대해 그들의 특징을 가장 잘 나타내는
형용사들로 수식하고 있다. 시적 자아는 이 '가난한 거리'를 한마디로
'빛 잃은 좁은 거리'로 개괄하고 있다. 그리고 이 '가난한 거리'와 '번
화함을 자랑하는 뒷골목'을 비교하면서 시대의 대조색채를 펼쳐 보이고
있다. 이로부터 앞거리는 돈을 찍어내는 조폐국의 대변으로 흥청망청한
번화함을 자랑하는 허상 속에, 뒷골목은 빛 잃은 어두움의 피폐한 거리
로 더 비참하게 각인되고 있다. 이렇게 작가는 거리의 앞뒤의 대조를

---

8) '육필원고'에는 창작연도 기록이 없고, ≪전집≫에는 다만 4월 24일로 되어 있음.

통해 아이러니하게 가난함과 부유함을 더욱 극명하게 표현하고 경제적으로 비참한 비극적인 현실을 리얼하게 드러낸다. 현실에 대한 냉철한 인식을 통해 시인은 사실주의적인 형식으로써 시대적 본질을 잘 개괄하고 있다. 그리고 이런 빈부차이의 심각한 대립 속에서 그 어떤 갈등의 실마리도 제시하고 있는 것이다. '말 못 할 悲劇이 도리질'이 그 한 보기가 된다. 바로 '도리질'하는 그 행위 속에 현실에 대한 강렬한 불만이 나타나고 있다.

<가난한 거리>에서의 '골목'과 <터널>에서의 '터널'이 비극적이고 암담한 식민지 현실과 일제의 잔혹성을 잘 표상화하고 있다면, '골목'과 '터널'은 모두 빛이 없는 어두운 이미지들로 구성되었다. 대부분 시들과 마찬가지로 이런 이미지들은 희망 혹은 광명, 자주독립의 이미지를 나타내는 '빛', '등불', '들불', '새벽' 등과 대조적인 기능을 하면서 시의 맥락을 이룬다는 것이 특점이다.

<터널>이 전형적인 상징수법으로 식민지 현실에서 우리 민족의 자화상을 썼다면 <가난한 거리>는 그 詩題에서 알 수 있다시피 사실주의 필치로 당시 우리 민족의 식민지 일반 삶을 생생하게 보여주고 있다. 이 두 시는 沈連洙 작품에서 비극적 현실하의 우리 민족적 자화상을 가장 잘 나타낼 수 있는 전형적인 두 부류라고 할 수 있다.

이와 같이 암울한 일제 식민지의 이미지를 '어둠'으로 상징하고 있다면 같은 이미지로서의 '밤'을 볼 수 있다. 필자의 초보적인 통계로 직접 '밤'자가 들어가는 시제만도 14편이나 된다. 이렇게 놓고 볼 때 沈連洙를 가히 '밤'의 시인이라 부를 수 있겠다. 밤에 대한 집착, 암울한 식민지 현실을 체험한 시인으로서는 너무도 당연할지도 모른다. 밤은 어두움과 같은 동류항으로 암울한 식민지 현실과 모종 의미에서 상사형을 이루기 때문이다. 시 <밤>에서 보면 '밤은 깊으려니 / 밤은 상처마다 / 오뇌가 맺히거늘 / …… / 무거운 밤 / 어두운 밤 / 밤은 한없이 길어만 간다'고 읊조림으로써 깊어가는 밤은 끝이 안 보이고 상처에 오뇌뿐이

라고 현실을 한탄한다. 즉 잔혹성이 심해가는 일제 통치에 희망은 안 보이고 피해만 늘어가는 우리 민족의 아픔이라고 할 수 있다. 또 <大地의 暮色>에서 이런 비극적인 상황은 계속된다. '저무려는 大地에 / 짙어 가는 暮色이 / 어둠의 幕을 들어 / 동쪽하늘 덮어온다'는 '동쪽하늘'이 일종 희망의 상징체로 나타난다고 할 때 이 시에서 모색은 희망을 깡 그리 말살하는 악의 상징체로서 일제 침략과 통치, 그 현실 자체에 다름 아니다. 그리고 <방>의 '언제나 어두운 / 해빛 한점 못보는 / 캄캄한 글방 / 뙤창 하나 못가진 주위 / 어둠에 반죽된 벽 / 한결같이 막히운 방' 역시 어둡고 좁은 '밤'의 이미지로 현실적인 답답함과 처참함을 나타내고 있다.

<거울 없는 화장실>에서도 첫 연에서는 '슬픈 생애, 쓰거운 일생 / 애잔한 백발인 양 한없이 피곤한' 밤으로 일제 식민지 통치를 상징했다면 두 번째 연 '한줴기 식은밥에 눈물이 엉키였고 / 한오리 걸친 옷에 한숨이 배였고 / 한걸음 옮기는데 혈육이 줄었나니 / 눈 감고 생각하면 서리치듯 현실'에서는 눈물과 한숨으로 혈육과 사별하는 '척사의 혈흔' 처럼 그에게는 현실은 햇볕 한 점 없는 절망뿐이었다. '한줴기', '한오리', '한걸음'마저 마음대로 할 수 없었던 비극적 현실은 당시 우리 민족에게 '한'만 맺힌 역사였다. 비록 수사학적인 과장은 있으나 사실적인 필치로 식민지 현실의 극도로 빈궁함을 드러내고 있다. 그리고 <寢頌>에서는 '서글픈 위안'인 줄 뻔히 알면서도 '하루낮일에 여윈 몸을', '마음대로 안되는 / 낮의 일거리를', '잠이 주는 감주에 취하여 / 밤의 따뜻한 잠의 품에 안겨' 푼다. 그래서 결과적으로 '짧은 안락을 / 그리고 영원한 안식(安息)을 / 나는 날마다 날마다 / 잠에서 얻노라'고 읊조린다. 이것은 시제 '침송'에서 보다시피 일종 잠을 노래한 시인데 여기서 '밤잠'은 아편이나 마취제와도 같지만 어쩔 수 없이 받아들이게 되는 일종 현실도피적인 방편이 되기도 하다.

위와 같이 '어둠'과 같은 이미지로 '밤'을 예로 들었지만 거리의 이

미지로 비극적이고 참혹한 현실을 폭로한 작품들도 여러 편 있다. <돌아가신 할아버지>의 '굶주린 수두룩한 자식들을 두고', '돌아가시던 그날 식전까지', '수고를 모르시고'에서는 일하는 할아버지가 등장한다. 이 할아버지는 바로 '길바닥에서 놈들의 총에 맞아 / 객사하신'다. 여기서 '놈들'은 일제 침략자를 지칭하고 있음은 더 말할 것도 없다. 할아버지를 여읜 남은 자식들은 할 수 없이 '먹을것 찾아 / 떠지고 이고 이곳을 떠나'야 하는 방랑 신세로 되었다. 沈連洙 가족사의 이모저모를 보여주는 이 시에서 우리는 '할아버지가 길바닥에서 숨진' 한 맺힌 원한을 통해 식민지 치하에서 도처에 행해지고 있는 일제의 잔혹성을 볼 수 있다. 또한 <幻魔>에서는 幻影 속에 비친 당시 현실을 '주검'의 복마전으로 펼쳐 보이고 있다. '주검으로 주검을 부르고', '유령이 핸들을 모로 돌리며', '웃으면서', '한쪽만 컨 헤드라이트 / 독광(毒光)을 뿜으면서', '늘어진 사체(死體)를 무겁게 싣고', '대낮에 거리를 질주하'는 幻影 속의 복마전이 바로 그것이다. 죽음보다 더 참혹한 '주검'의 현실인 것이다. 내용적으로 상징주의적인 우울한 도시의 죽음을 영탄적으로 부르짖고, 죽음과 웃음, 울음과 고함, 대낮과 헤드라이트 등을 대비시키면서 낮에도 밤과 같은 비극적인 현실을 표현하고 있다.

보다시피 일제는 우리 민족에게 정치적, 경제적 수탈만 한 것이 아니라 민족문화마저 박탈해갔다. 1937년 일제는 대대적으로 한국 학생의 황국신민화를 꾀하고 조선과 만주의 교육령을 개정하고, 학교의 명칭, 교육 내용을 일본 학교와 동일하게 하였다. 1940년 그들은 조선일보, 동아일보 등 한국말 신문을 폐간시키고 조선어학회, 진단학회 등을 강제로 해산시켜 민족문화의 말살을 꾀했다. 뿐만 아니라 일제는 강제로 학도동원체제, 국민근무체제 등 징병제와 학병제를 실시하였다.9) 沈連洙는 이와 같은 내용을 작품화하여 표현하였는데 그것을 제일 잘 드

---

9) 이재호 / 2001, 앞의 글, pp.201-202.

러내고 있는 시는 <검은 교복>이다.

> 健全을 가젓고
> 信念을 품엇고
> 不變을 간직하고
> 征服을 가진黑色
> 검은 帽子 검은 校服
> 입고뛰든 그들은
> 언제부터이던고
> 우리도 검은 그들이로다.
> 이 學校 正門에서
> 검은 빛 적어지고
> 이마당 넓은곧엔
> 누른 健兒 뛰고 있다.
> 우리마저 가면은
> 검은 그들 마저가고
> 이學校에 검은校服 없어지면
> 어느 뒤 검엇던가 찾을이 누구요.
> 강덕 7년 1월 27일[10]
> ― <검은 교복> 전문

<검은 교복>은 학생 교복이다. 교복은 단체생활을 원활히 하고 학생에게 면학의식을 갖게 하기 위해서 의도적으로 만든 것이다. 따라서 교복은 신분과 소속감·유대감을 불러일으키는 수단이 되며 학생의 공식적인 의복, 즉 정장의 역할을 한다. 이러한 특징을 표현하기 위해 스타일, 의복재료, 색채를 통일시키며 각 학교에 맞는 상징성과 신분에 맞게 아름다움을 나타내도록 디자인한다. 뿐만 아니라 종래의 교복이 어

---

10) 강덕 1년은 서기 1934년이므로, 강덕 7년은 서기 1940년이다. 뒤에 나오는 강덕에 대해 더 언급하지 않는다.

떤 소속감이나 통제성을 강하게 나타내고 있다면, 최근의 교복은 소속
감과 함께 심미성이나 기능성 등을 더 고려하게 되었다. 기능성 심미성
을 고려한다면 기능성은 학생들에게 면학의식을 심어주는 것이고 심미
성은 그들의 이미지에 맞게 색깔을 맞추는 것이다. 이러한 색깔들은 모
두가 생기발랄하고 학생으로서의 단정한 이미지를 갖는다. 그러나 검은
색깔은 칙칙하고 어둡고 답답한 분위기를 조성한다.

1행부터 3행까지는 뜻을 품고 변할 줄 모르는 한민족의 젊은 학생들
을 말한다. 4행부터 8행까지는 학생의 검은 모자, 검은 교복으로부터
시작하여 정복을 당한 학교 전체의 어두운 분위기가 풍긴다. 즉 한복을
입고 다니던 조선학교가 일제의 강압정책으로 검은 교복으로부터 시작
하여 교육에 이르기까지 모든 것을 일제화로 대체한 암흑한 식민지시대
를 말한다. 9행부터 12행은 그 검고 어두운 분위기이던 학교가 언제부
터인가 누런 색깔로 바뀌기 시작하고 학교운동장에 누런빛의 학생들이
뛰고 있다. 검은 교복은 그나마 학생 교복이지만 1937년 일제가 초전
시 체제를 선포한 후부터 검은색이 누런색으로 바뀌었다. 학생들이 모
두 누런 옷을 입은 황군으로 바뀌고 군사훈련을 하고 있는 것을 말하는
데 즉 전쟁태세를 가리켜 이르는 뜻이다. 13행부터 16행에서 '우리마저
가면'의 시적 자아를 포함한 조선학생들을 일제는 군사훈련을 시킨 다음
강제로 징병한다. 그 뒤에 나오는 '검은 그들마저 가고'는 검은 교복을
입었던 하급생들마저 징병 가면 학교에는 검은 교복이 없어지고, 즉 학생
들이 모두 강제로 징병당하는 것을 뜻하는 말이다. 시적 대화를 통해 시
인은 일제 식민지의 강제징병정책과 민족언어 말살정책을 고발하였다.

시는 1940년 어두운 일제 식민지시대를 작품화한 것이다. 시적 화자
는 제목부터 암담하고도 어두운 분위기인 식민지시대로 이끌어간다. 특
히 <검은 교복>은 일제가 한민족 학생들을 통제하기 위해 입힌 '검은
교복'이다. 뿐만 아니라 일제는 조선일보, 동아일보, 등 한국말 신문을
폐간시키고 조선어학회, 진단학회 등을 강제로 해산시켜 민족문화의 말

살을 꾀했다.11) 일제의 강압정책은 문화뿐만 아니라 모든 일상생활 역시 일제화시켰다. 이런 강압적인 정책으로 한반도뿐만 아니라 간도 역시 같은 피해를 입었다. 시인은 용정에서 살았다. 보고 들은 것이 중국말 아니면 일본말이었다. 일제는 이처럼 한민족에 대한 언어정책을 강제적으로 실시하여 대일본제국으로 만들려 시도하였다. 시인은 이러한 역사배경을 시에 담아 은유적인 시적 언어로 리얼하게 표현하였다.

시인이 중학교 때 수학여행단 학생의 일원으로서 서울에 갔는데, 거기에서 보고 느낀 것들을 시들과 수필에 담았다. 그것이 기행시조로 쓴 <서울의 밤>이다. 이 작품 역시 민족문화가 일제에 수탈당한 비극적인 내용을 형상화한 것이다. '말소리 서울 말씨 옷도 조선옷이요 / 말도 다 조선말이더라', '거리엔 흰옷 조선옷 흰빛이요 / 얼굴도 조선 얼굴, 모습도 조선 모습'이다. 이것은 시적 화자가 모처럼 모국인 서울거리에 나와 밤을 지내며 보고 느낀 심정을 토로한 것이다. 일제의 강탈에 나라를 잃고 고향을 잃고 실향민들과 함께 살길을 찾아 이민국에서 살아온 시적 화자가 그리운 고향에 갔다가 보고들은 것이 우리말, 우리 옷, 우리 얼굴 모든 것이 민족 모습이었는데 이런 것들은 시인에게 있어서 꿈에도 그리운 고향에 그나마 민족성이 남아 있는 것을 다행으로 여기고 있다는 것을 알 수 있다.

이와 같은 내용으로 또 <少年아 봄은 오려니>의 '화덕에 숯놓고 불씨 여 / 옛소리를 다시 내여바라'에서는 '옛소리를 다시 내여바라' 역시 자유롭게 우리말을 했던 시대를 그리며 그날이 오기를 기다리는 시인의 마음을 토로한 것이다. 뿐만 아니라 <등불>의 '옛일을 보면서 / 하고 싶은 말을하며'에서도 같은 이미지로 옛날처럼 마음대로 자유롭게 말을 할 수 있기를 기대하는 마음을 토로하였다.

이런 역경 속에서 시인은 낯선 이국땅에 살면서도 한민족의 고유 정서에까지 집착하여 수십 편의 시조를 써서 성과를 거두었다는 것은 주

---

11) 이재호 / 2001, 앞의 글, p.202.

목하지 않을 수 없다. 당시 일제가 아베 노부유키 총독으로 하여금 전
쟁 지속을 탄압과 검거에 이어 발견 즉시 확인사살을 하였12)으며, 이
러한 상황으로 적지 않은 문인들이 순응하거나 절필하였다. 이런 형세
에서 우리 시 쓰기 작업이란 바로 우리말과 글을 지킴으로써 민족혼과
역사를 살려내기 위한 가열한 민족운동이자 독립운동의 의미를 지니는
것이 분명하다. 시인의 궁극적인 사명이란 바로 민족어의 완성을 지향
해감으로써 민족혼을 지키고 민족의 정서와 민족의 삶을 고양시켜 나
가는 것이다.13) 沈連洙 시인과 같이 한사코 모국어로 창작하는 자체가
민족의식과 항일정신에 해당하며 그것을 직설적으로 현실을 작품에 반
영하였다는 것은 그의 지조와 절개를 알고도 남음이 있다. 그의 많은
시들은 상징적 수법이든 사실주의 수법이든 극명하게 식민지시대적 본
질 즉 우리 민족이 정치적, 경제적, 문화적으로 피폐화한 자화상을 제
시하고 있음에는 그 궤를 같이하고 있다.

2) 고향상실과 유랑민의 비애

현실인식과 유랑의식은 이 시대 문인들의 작품에서 공통으로 나타나
는 주제의 하나이다. 비극적인 현실은 우리 민족으로 하여금 삶의 탈출
구인 머나먼 이국으로 타향살이를 하지 않으면 안 되게 하였다. 따라서
沈連洙 시에서도 고향상실과 그로 인한 방랑의 모습은 또 하나의 주요
한 내용이 된다. 그의 시에 있어서 고립되고 폐쇄된 공간적 표상이 현
실인식의 한 상황적 표출이라면 끝없는 방랑과 눈물겨운 여정은 뿌리
뽑힌 민족적 자화상의 행동적 표현에 다름 아니다. 강권으로 침탈된 조
국의 현실, 떠나올 수밖에 없는 고향, 그의 시는 신산(辛酸)한 방랑의
이미지를 표출한다. 그의 시에서 많이 등장하는 타향살이와 외롭고 쓸

---

12) 위의 글, p.203.
13) 김재호, 『한국 현시의 사적 탐구』, 일지사, 1998. pp.23 – 24.

쓸한 나그네 이미지는 한 보기가 된다.

인간의 삶은 공간을 통하여 이루어진다. 공간이란 본래 비어 있는 곳을 지칭하는 것으로 관건은 여기에 어떤 대상이 자리 잡고 있는가 하는 것이다. 같은 공간이지만 어떤 사람이 어떻게 살아가는가에 따라 현실에 대한 인식은 달라지기 때문이다. 沈連洙는 일제 식민지하에서 가난과 궁핍, 외로움과 타향살이로 짧은 인생을 살아온 당시에 흔히 볼 수 있었던 우리 민족의 지식인이었다. 끊임없는 방랑 속에서 그가 가장 절실하게 바랐던 현실적 공간은 고향이었다. 고향은 누구에게나 육체적, 정신적 생명의 원천이며 평화와 질서가 부여된 삶의 상징으로 모든 삶의 출발점이자 안주의 마당이기도 하기 때문이다. 그러므로 당시 식민지 현실하에서 고향상실은 가장 절실히 몸에 와 닿는 조국상실에 다름 아니다. 여기서 고향과 조국은 상징적 동류항으로 된다. 나라를 빼앗긴 식민지 현실은 아주 자연스럽게 실향과 방랑 및 외로움으로 연결된다. 떠나올 수밖에 없는 고향, 이로부터 숙명적으로 떠날 수밖에 없는 방랑, 그리고 그 외로움이 뒤따른다. 이런 것들이 沈連洙가 어려서부터 고향을 떠나 블라디보스토크, 중국 밀산, 용정 명동, 일본 등에 다니면서 제일 절실하게 느꼈던 실향의식이었다. 따라서 그 의식들이 작품화되어 시 속에 많이 나타나는데 그 시로는 <旅窓의 밤>, <滿洲>, <放浪>, <나그네>, <새>, <바다> 등을 꼽을 수 있다. 직접 고향을 내용으로 한 대표적인 시는 <故鄕>이다. 아래 작품을 분석하면서 시인의 내면세계를 더 깊이 이해해보도록 하자.

나의 故鄕 앞호수에
외쪽 널다리
혼자서 건너기는
너무 외로워
님 하고 달밤이면

건너려 하오
나의 故鄕 뒷山에
묵은 솔밭 길
단 혼자서 올으기는
너무 힘들어
님 앞선 발자국
딸어 예려오
나의 故鄕 가슴에
피는 꽃송이
쓸쓸히 선 것이
너무 설어워
님 하고 그 위로
자조 가려오.

강덕 8년 7월 31일
— <故鄕> 전문

고향은 누구에게나 그리운 정든 품이다. 이 시는 沈連洙가 일본 유학시절인 1941년에 쓴 작품으로 제2고향에 대한 절절한 마음을 표출한 것이다. 시는 沈連洙 자신이 시적 주체가 되어 자아 고백의 성격을 짙게 풍기고 있는데, 이는 시를 구성하고 있는 주체의 행위를 지칭하는 서술어 '혼자서 건너기', '혼자서 오르기'의 외로움과 고독함이 마지막 연 '님하고' '자조 가려오'와 대조되면서 종결된다. 시 속에서 발화하는 주체인 '나'는 사사로운 개인, 즉 沈連洙 자신이라고 보아도 되겠지만 민족 전체에까지 확대될 수 있는 의미도 지닌다. 이 시는 주요하게 '나' 자신이 등지고 온 쓸쓸한 고향 모습에 대한 자아반성을 하는 인물로 설정되어 있다.

첫 행 '나의 고향 앞호수'는 변함없는 고향의 정경으로 여기에서 시적 화자가 이야기하는 고향은 매우 아늑한 정다운 곳이었음을 상상할 수 있다. 뿐만 아니라 시적 내용을 보아서 여기에서의 고향은 어렸을

때의 고향이 아니고 시인이 살았던 제2고향이라는 것을 알 수 있다. 어렸을 때 고향을 떠났기 때문에 沈連洙는 어떠한 고향이든지 그 그리움이 더 절절했을지도 모른다. '나의 故鄕 앞호수에……／나의 故鄕 뒷山에……／나의 故鄕 가슴에……'가 세 번이나 열거되면서 시적 화자가 고향을 그리는 그 절절하고도 애틋한 마음을 잘 시사하고 있다. '나의 故鄕 앞호수'는 분명 시적 화자가 태어난 고향이 아니라 자라고 정든 고향의 '앞호수'이다. 그런데 '외쪽 널다리', '쓸쓸히 선것'에서 보다시피 시적 화자의 정서는 외롭고 쓸쓸함 그 자체이다. '외쪽……／혼자서……' 여기서 주인을 상실한 외로운 널다리를 '외쪽'이라는 시적 언어로 외로움과 쓸쓸함을 표현하였다면 고향을 상실한 시적 화자는 '혼자서'라는 표현으로 외로움과 쓸쓸함을 나타냈는데, 주인을 잃은 널다리와 고향을 잃은 주인이 서로 조화를 이루면서 시적 구조를 형성하였는데 그 외로움과 쓸쓸함이 더 잘 드러난다. 그래서 시적 자아는 '너무 서러움'을 느낀다. 그리고 '혼자서 건너기는／너무 외로워', '단 혼자서 오르기는／너무 힘들어'에서와 같이 시적 화자가 쓸쓸한 고향의 길을 걸으면서 그 외로움을 우회적으로 묘사하고 있다. '님 앞선' 등은 그러한 고향이나마 사랑하는 님과 함께 외롭고 쓸쓸한 고향에 가서 정을 들이고 살고픈 소망을 나타내고 있다. 그래서 시인은 '님하고' 함께 등지고 떠난 고향을 자주 찾으려는 일념, 즉 잃었던 고향을 다시 찾으려는 염원을 표출함과 동시에 '자조 가려오'로 그 정서를 나타내면서 끝낸다. 그런데 그것은 어디까지나 염원뿐이고 현실은 그렇게 되지 못했다. 그렇기 때문에 고향에 대한 희구가 더 컸는지 모른다. '님'하고 평시에 함께할 수 없는, 가고 싶은 고향을 갈 수 없는 비극적 현실을 바탕에 깔고 있다.

　沈連洙는 어렸을 때(7곱살) 떠났던 고향 강릉을 청년이 되어 찾았었던 일이 있는데, 이것을 시로 표현한 것이 <옛터를 지나면서>이다. 하지만 그렇게 아름답게만 느끼던 고향이 이젠 어떤 모습이었는지 시적 화자는 다음과 같이 말한다. '그리도 좋다던게 그닥지 않고나 / 할머니 자랑말도 자취를 감추고⋯⋯어릴적 놀던 시내방축이 높아졌고 / 그 많던 물조차 인제는 말랐으니 / 옛터에 남긴 기억이 더 희미할세라.' 어렸을 때의 고향에 대한 꿈을 안고 '옛터를' 찾아갔으나 '그 많던 물조차' 마르고 '어릴적 놀던 시내방축이 높아'져서 고향의 변모에 대해 실망한다. '옛터에 남긴 기억이' 희미해진 것과 고향에 대한 기억이 점점 상실되어 간다는 傷心감으로 고향상실의 의미를 부각시키고 있다. 식민지 치하에서 고향에 대한 그리움은 절절하지만 날이 갈수록 변하고 있는 고향은 낯설기만 하다. 어릴 때 친구와 함께 놀던 놀이터도 없고 강도 말라들고 남은 옛 추억도 점점 희미해지고 있다. 고향의 낯설음은 그것이 과거에 어떠한 친근한 존재였는지를 막론하고 일종의 소외감과 함께 거부감을 불러일으키고 있는 것이다. 이와 같이 할머니의 고향에 대한 자랑도 '자취를 감추고', '今不如昔'로 고향이란 이미지가 깨어지고 있다. 沈連洙의 고향상실에 대한 시는 보편적으로 자연과 인간사의 대비를 통해 고향의 상실감을 간결하고 담담한 어조로 나타낸다. 특히 외적 요인에 의한 고향의 변모 양상보다 시적 자아의 의식 속에 존재하는 고향의 이미지와 현실적 모습의 차이를 문제 삼은 점이 특이하다고 할 수 있다.

그리고 이 시는 구조적으로 운율미가 매우 뛰어났다고 볼 수 있다. 우선 이 시를 3연 5행으로 구분할 수 있다. 첫 연으로부터 3연까지 그 리듬이 일정하게 반복적으로 나타나는데 첫 행은 모두 2·2·3조 '나의 / 고향 / 앞호수에, 나의 / 고향 / 뒤산에, 나의 / 고향 / 가슴에'는 두음이 모두 반복된다. 두 번째 행은 2·3조 '외쪽 / 널다리, 묵은 / 솔밭길, 피는 / 꽃송이'이며 세 번째 행은 기본적으로 '혼자서 / 건너기는, 단 혼자서 / 오르기는, 쓸쓸히 / 선것이' 3·4 음절수로 되었다. 4행은 2·3조로 일정하게 '너무 / 외로와, 너무 / 힘들어, 너무 / 서러워' 규칙적으로 잘되어 있고, 5행은 '님하고 / 달밤이면, 님 앞선 / 발자국 따라, 님하고 / 그우로' 3·4

조인 음수율로 되어 있다. 마지막 행은 기본적으로 2·3조 '건느려 / 하오, 함께 / 오르리오, 자주 / 갈테요'로 끝난다. 비록 시적 언어가 간결하고 내용이 함축되고 밝고 경쾌하지만 실향으로 인한 슬픔이 바탕으로 되어 전체적인 쓸쓸한 분위기는 어쩔 수 없이 깔려 있다. 沈連洙 시 작품 가운데 시조를 제외하고 운율미가 가장 뛰어난 작품 가운데 하나로 볼 수 있다.

위의 시가 사실적인 필치로 고향상실의 주제를 드러냈다면 <갈매기>에서는 의인화된 '갈매기'의 상징적 시어를 통해 고향상실과 방랑의 이미지를 보여주고 있다.

> 바다를 언제 건넛노
> 네 行色 너무나 외로워
> 故鄉을 그리는 애타는 마음을
> 낯설은 浦口에서 쉬고 있느냐
> 두나래 飛泡에 함박젖어
> 피까지 무거운 異域의 설음
> 마시도 먹도않는 고달픔에
> 타는 듯 가변 몸을 어이하랴
>
> 섬도없는 바다에서
> 風波 높어 짖엇어라
> 네또다시 날어갈 바다길
> 하늘아 바다야 잔잔하거라.
>   소화 17년 7월 10일
>   ― <갈매기> 전문

첫 연에서 시적 화자는 갈매기를 통해 고향을 떠나 삶을 찾아 멀고 먼 이역 땅을 돌아다니는 자신의 처지를 말하고 있다고 볼 수 있다. 이 시는 1942년에 일본에서 유학할 때 쓴 시로 추정되는데, 작가가 어

릴 때부터 타향살이하면서 고달프고 힘든 유랑생활을 해온 체험을 작
품화한 것이라고 할 수 있다. 그 기나긴 유랑과정을 바탕으로 '故鄕을
그리는 애타는 마음'을 썼다. '낯설은 浦口에서 쉬고 있느냐'는 갈매기
가 보금자리를 찾아다니다가 낯선 포구에서 잠깐 쉬는 것을 말하는데,
여기서 '낯설은 浦口'는 고향이 아닌 다른 곳—쉼터이며, 그 쉼터가
항해를 마치고 돌아와 영원히 머무는 곳이 아니라 잠시나마 머물다 가
는 중간지대인 포구이다. 그러기에 화자는 2연에서 포구에 닿은 자신의
상황을 갈매기에 비유하여 '두 나래 飛泡에 함박젖어'로 유랑의 고달
프고 힘듦을 표현한다. 이것은 다음 구절에 나오는 '마시도 먹도않는
고달픔'과 같은 힘든 상황을 더욱 잘 시사해준다. '마시도 먹도 못한
고달픔 / 타는 듯 가변몸 또 어이하랴'는 방랑길에 지칠 대로 지친 유랑
민들이 휴식조차도 제대로 할 수 없음을 말한다. '섬도 없는 바다'는
자신의 삶이 머무를 곳이 없는 아득하고도 끝없는 바다, 끝없는 유랑
길임을 말한다. 여기에서 시인은 바다 이미지를 고향을 잃고 나라를 잃
은 유랑민의 막막한 생존공간으로 표현했다. 뿐만 아니라 '風波 높이
엇어라'는 유랑 길이 결코 여유로운 유람 길이 아니라 갖은 곡절과
험난한 유랑 길임을 보여준다. '네또다시 날어갈 바다길', '하늘아 바다
야 잔잔하거라'는 앞날의 방랑길이 조금이라도 순탄하기를 바라는 마음
의 표현이다.

  시적 화자는 포구에서 정착하지 못하고 살길을 찾아 또다시 방랑의
길을 떠나야 하는 비극적 현실을 갈매기라는 상징을 빌려 시적 자아의
자화상을 그려냈다고 보아도 되겠다. 방랑하는 자신의 신세를 '갈매기'
로 상징하여 기탁한 것으로도 볼 수 있다. '故鄕을 그리는' 마음, 고향
이 아닌 '낯설은 浦口', '異域의 설음' 등 이미지들은 이를 잘 뒷받침
해준다. 그리고 마지막 연에서의 '섬도없는 바다', '네또다시 날어갈 바
다길'에서는 '섬'으로 상징되는 섬은 고향은 아니지만 그래도 정착할
수 있는 곳, 머무를 수 있는 곳으로 여기고 일루의 희망을 품고 또다

시 떠나지 않으면 안 되는 방랑 자체를 형상화하고 있다. 이런 '갈매기'에 대해 시인은 깊은 동정을 나타낸다. '바다를 언제 건넜느냐 / 네 行色 너무나 외로와'의 안타까움과 '하늘아 바다야 잔잔하거라'에서의 기원은 이것을 잘 말해준다.

보다시피 '갈매기'는 고향을 잃고 갈 길 없어 찾아 헤매는 韓민족의 식민지 현실의 비참한 자화상이며 또한 沈連洙 자신의 삶의 체험이다. 바로 이 체험으로 이어진 타향으로의 방랑 이미지는 뿌리 뽑힌 민족적 설움의 행동적 노출이다.

> 나는가련다 정쳐없이도
> 이발가는곧 어데나
> 맞어줄이없는 낯선땅
> 머물곧정함없는 타향에서
> 호올로헤매고저 또떠나노라.
> 떠나는 나그네ㅅ길 서글퍼도
> 않갈수없는 방낭의 신세
> 어제머물든 오막사리엔
> 박꽃이수없이 피였건만은
> 서리전에 굳을 박은(열맨) 몇꼬치(꽃)런고.
> 　　　　소화 17년 8월 4일
> 　　　　— <放浪> 전문

이 역시 고향을 상실하고 방랑의 신세로 떨어진 시적 화자의 어두운 내면이 투영된 작품이다. 여기서는 영탄조로 방랑하는 나그네의 신세를 잘 읊어내고 있다. 제목에서처럼 타향에서 정처 없이 떠도는 시인 자신의 처지와 설움을 표현하고 있다. 여기서 '정처없이', '낯선땅', '정함없는 타향', '떠나는 나그네 길', '방낭의 신세' 등 직설적인 어휘들로써 절실한 유랑의식을 드러낸다. 그리고 어데 가나 '맞어줄이없는 낯선땅'

이고 '머물곧정함없는 타향'에서 '홀로 헤매다가' 또다시 '정처없이',
'떠나는' 나그네 길, 서글퍼도 '않갈수없는 방낭의 신세', '어제머물든
오막사리엔', '박꽃이수없이 피였건'만 '서리전에 굳을 박은 몇꼬치런
고' 등은 직설적인 시어로서 머물고 있다. 박씨를 심어놓고 열매 맺기
전에 방랑의 길을 떠나야 하는 유랑의식을 잘 드러내어 전반 시를 방
랑 분위기로 이끌어간다. 그 방랑의식은 결코 낭만적인 유흥에서의 취
미가 아니라 고향 잃은 나그네가 어쩔 수 없이 겪게 되는 방랑의 서글
픈 헤맴으로 드러난다. 마지막 구절 '박꽃이수없이 피였건만은 / 서리전
에 굳을 열매 / 과연 몇이나 될고'에서는 현실을 부정적으로밖에 볼 수
없는 나그네의 서글픈 심사가 잘 드러나고 있다.

> 잘살려고 故鄕떠나
> 못사는게 他鄕사리
> 간곧마다 펼친心荷
> 뜰때마다 허실됐다
> ── <滿洲>제1연

> 싸늘한 北風바지 헤넓은곧
> 떼장막을 치고누어
> 떠돌든몸 쉬이려던心思
> 불쌍한 流浪民의 꿈이엿다.
> ── <滿洲>제3연

> 서글퍼 가엾든 부모형제
> 헐벗고 주림을 참은일
> 지금도 뼈앓은 눈물의 記錄
> 잊지못할 拓史의 血痕이엿다.
> ── <滿洲>제4연

1941년 9월 말에 쓰인 이 작품은 시인 자신이 일본에 유학 갔을 때 연해주와 중국 대륙에서 겪은 삶을 쓴 시이다. 직설적이면서도 비애 어린 정서를 리듬에 담아 폈다.

첫 연에서 시적 화자가 일가와 함께 잘살려고 고향을 떠났는데 그것을 이루지 못하고 타향을 떠도는 실향민의 비애 어린 삶이 절실하게 표출되었다. 잘살려고 마음먹고 간 곳은 간 곳마다 희망이 수포로 돌아간다는 뜻으로 이해하면 되겠다. 3연은 '싸늘한 북풍받이 헤넓은곧' 그 공간은 다름 아닌 만주이다. 당시 일본에 점령당한 만주는 아늑한 곳이 아니라 황량한 벌판과 추위가 몰아닥치는 곳이었다. '불쌍한 流浪民'이 잘살아보려고 도착한 곳이 황량한 벌판과 북풍이 몰아닥치는 곳이다. 즉 현실은 꿈을 깨뜨렸다. 4연은 잘 살려고 부모형제 정든 고향 떠나 길에서 주린 배를 안고 배고픔을 참던 일은 지금도 생각하면 뼈아픈 눈물의 기록이며 잊지 못할 개척사에 있어서 눈물과 피의 흔적이었다는 뜻으로 이해하면 되겠다.

위에서는 식민지로 전락된 후 우리 민족의 고향상실과 더불어 타향으로 유랑하는 '뼈아픈 눈물의 記錄'과 '拓史의 血痕'을 당시 역사적 배경 속에서 잘 개괄하고 있다. 일제의 탄압을 피해 잘 살아 보려고 만주로 떠난 사람들, 망국의 역사적 현실을 잘 보여준다. 헐벗고 굶주림을 참으며 막막한 벌판에서 살아가는 유랑민들의 고난 상을 시인은 고발한다. 이러한 만주를 시인은 '뼈아픈 눈물의 記錄', '잊지 못할 拓史의 血痕이었다'로 기록한다. 이는 실향민이 잘살려고 고향을 떠나 떠돌이 하는 가슴 아픈 눈물겨운 흔적을 절실하게 표현하고 있다. 어릴 적부터 이국땅을 수차례 방랑해온 가족사적 체험고(體驗苦)와 일본유학 경험 등이 나라 잃은 백성의 유랑민의식으로 승화된 채 沈連洙 시의 내면 공간에 짙게 자리하고 있는 것이다. 하지만 위에서와 같은 沈連洙의 유랑의식은 결코 슬픔이나 절망에 그쳐 있는 것은 아니다. 그의 시는 깊은 고독과 설움 속에서도 새로운 안식처로서의 터전을 마련하기 위한 개척의지와 귀향 지향이 함께하고 있어 안정감을 획득한다.

이런 떠돌이의 방랑과 함께 沈連洙 시에서 단골손님으로 등장하는 것은 고독이다. 이 고독은 방랑의 필연적 산물에 다름 아니다. 전반 沈連洙 시에서 '고독'을 나타낸 시는 필자의 집계로 25편에 달한다. <소원>에서 고향을 찾아 외롭게 헤매는 시적 화자의 정서, <人生의 沙漠>의 '동행 없는 사막의 인생'에 함축된 고독, <경포대>의 '풍류를 즐기던 님 다 어디로 가고 / 기둥에 새겨진 이름만 외롭게 남았구나'에서 物是人非의 서정이 그렇다. 또한 <새바위>의 '해지는 저녁마다 물새는 울었지만 / 달 없는 어둔 밤엔 무엇이 울어줄고'는 물새 울음과의 대비 속에서 달 없는 어둔 밤의 외로움, <로천공원묘지(露天共園墓地)>의 '외톨선 그 령(靈)', <외로운 새>의 '어데론가 외로이 날아간에서 새', <새>의 '그 속에 자취 숨는 외로운 새 / 떠나면 외로운 길손의 나래', <기다림>의 '올 리 없는 사랑을 기다리는 밤 / 부르튼 입술로 외로운 노래나 불러보자 / 사랑의 해안에 외로운 배 한 척 / 이 하루 비 내리는 외로운 밤'과 같은 외로움의 연발, 이러한 시편에서는 타향에서 정처 없이 헤매는 시인 자신의 처지와 설움, 그리고 방랑의식이 잘 드러난다.

이상에서 우리는 고향상실과 방랑 이미지를 살펴보았다. 그 결과 다음과 같은 결론을 얻을 수 있다.

첫째, 沈連洙 시에서 고향상실은 유랑의식으로 나타났다. 이것은 비극적 현실에서 온 고향상실이었고, 이 상실은 다시 조국상실의 체험으로 확대되었다. 이런 결과 그의 시는 깊은 내적 고뇌의 색조를 바탕에 깔고 있는 향수의 서정시가 되었다. 하지만 그 서정시는 1940년대 한국인의 대체적인 체험, 곧 망국 체험의 형상화란 점에서 보편성을 획득하고 있다. 역사의 현장에서 조국상실이란 엄혹한 체험은 이상적 세계에 대한 희구로 그 탈출이 가능했고, 이 탈출은 당시 어느 누구도 갖지 못했던 안주의 고향에 대한 보상 심리로 표현됨으로써 시대적 고통을 대변하는 공감대를 형성하는 민족문학의 중심부에 놓이게 했다. 따라서 그의 유랑의식은 좌절로서가 아니라 일제강점기 우리 민족의 가장 절실한 감정, 이별의 情恨, 잃어버린 것에 대한 그리움과 같은 문제를 노래해주고 있다는 점에서 값지다는 것이다.

둘째, 이별의 情恨이라 하지만 그것이 결코 좌절로 나타나지는 않는다는 점이다. 그리움이란 한국적 情恨의 뿌리에 발을 내리고 있더라도 그것이 퇴영적 존재로 형상화되지 않고 기대의 세계를 예언하는 자세를 취함으로써 고향은 결국 기대의 고향, 되살아나는 고향, 아직 희망으로 남아 있는 고향이란 차원에 머물게 하고 있다. 특히 이러한 사상이 대립미의 긴장감으로 나타남으로써 沈連洙의 시가 가지고 있는 커다란 한계점, 곧 감상성을 극복하는 효과를 이루게 한다.

셋째, 개인사와 민족사의 만남이란 심각한 삶의 현장에서 그의 시는 출발되고 있다. 이민을 간 농민의 후예로 태어난 짧은 그의 인생은 타향살이로 일관되었다. 그의 개인사가 서정적인 시의 주조와 무관한 것은 아니었다. 그러나 작품의 참주제는 그런 개인사가 민족사로 심화된다는 것이다. 이 점은 시인 沈連洙의 극적 생애가 시 작품과 얼마만큼 밀착되었는가를 분석하는 과정에서 드러난다.14)

沈連洙 시에서 위와 같은 중요한 내용은 그 자신의 여러 가지 비극적인 방랑의식이 근원적으로 그의 가족사를 통해 민족사로 직결되는 역사적인 체험에 바탕하고 있다는 데 있다. 이것은 고향상실의 생생한 기억이 절실한 기록으로 구현된 것이다. 바꾸어 말하면 여러 나라 국경을 넘나들며 이국에서 지내온 나라 잃은 백성의 유랑민적 삶의 뼈아픈 체험이 그의 문학작품으로 승화된 실체이기도 하다.

---

14) 오양호, 『韓國文學과 間島』, 문예출판사, 1988. pp.139 – 158.

3

현실대응의 양상

　위에서 비극적 현실에서 우리 민족의 삶을 고찰해보았다. 일제 식민지라는 특수 시대에서 우리 민족이 정치적, 경제적 문화적으로 받은 수탈과 황폐한 삶을 살아온 시인은 그것을 작품에 담아 암묵적인 시어로 현실을 고발하였다. 뿐만 아니라 이런 비극적 현실로 말미암아 방랑과 실향으로밖에 갈 수 없었던 우리 민족의 고향상실과 비애 어린 삶도 현실감 있게 반영하였다. 이런 암담한 현실 속에서 沈連洙는 부조리한 현실을 인식하고 비극적 현실에서 벗어날 수 있는 적극적인 대응책을 구한다. 시인은 비극적 현실이지만 비관 실망하지 않고 늘 미래지향적으로 긍정적인 앞날을 예언하였다. 그는 적극적인 행동의 자세로 절망적인 현실상황을 극복하는데 그것이 바로 자학과 죽음으로써 일제의 탄압에 대응하는 것이고 다른 방면으로는 정신적 의지로 미래에 대한 낙관적 전망을 지향한 것이다. 이렇게 함으로써 비로소 수탈당한 민중들이 일제의 사슬에서 벗어나서 광명을 찾고 잃어버린 고향을 찾을 수 있는 삶의 용기를 얻을 수 있다는 데서 그의 작품의 민족적, 저항적 요소를 긍정하기에는 충분하다.

1) 현실에 대한 자학적 저항

沈連洙 시에 있어서 저항성의 주조가 아이러니하게도 다분히 자학 내지 죽음으로 흐르고 그것을 미로 승화하고 있다는 데서 특이하다.

'우을 울어려도 / 아래를 굽어도 / 검해보이는 그 캄캄한 굴속' 같은 터널, 일루의 빛도, 희망도 없는 암울한 것이 식민지 현실이다. 사람은 고통에 사로잡힐 때 그 고통을 발산하거나 그 누가 들어줄 이 없을 때 흔히 자학으로 나간다. 그 자학의 극단적인 방식이 바로 자살이나 혹은 죽음이다. 그러나 여기에서의 자살은 삶을 포기한 자살이 아니라 삶을 위해 자살하는 저항의 형식이다. <턴넬>의 '또 무수한 생명이 / 네루를 베고 枕木을 베고 누워 / 지나갈 박휘를 / 기다리고 있'는 것도 무수한 생명들이 일제의 탄압에 저항하는 것을 의미한다. 물론 스스로 생명을 포기하는 자살은 희망이 없다. 자살에는 아름다운 것과 추악한 것이 있다. 정의를 위해 민족을 위해 자살한다면 그것은 아름답고도 숭고한 것으로 되겠지만 비굴하게 배반을 뜻하는 자살은 추악한 죽음이다. 또는 삶의 의미를 잃고 스스로 죽는 죽음은 아무런 의미도 없다. 여기에서의 자살은 많은 민족을 구하고 나라를 구하는 자살이므로 이 자살은 숭고하고도 장엄한 죽음이다. 이것은 정의를 위해 민족을 위해 자살한 죽음이기 때문이다.

자학은 희망이 없는 무감각한 마비된 신경보다는 그래도 희망이 있는 소극적이지만 적극적이고 활발한 의식과 닿고 있다. 나 하나의 자학 혹은 자살이 개인적인 의미에서는 소멸을 뜻할지도 모르지만 집단적인 의미에서만, 사람들의 삶에 대한 욕구 또는 각성을 촉구하고 현실적 삶의 개조라는 적극적인 방향에로 자극을 줄 수도 있다. 沈連洙는 바로 이 점을 보았고 자학을 작품에서 일종 긍정적인 아름다움으로 승화시켰다. 그래서 그에게 있어서 자학은 일종 미로 승화되고 있다. 그는 <벙어리>, <友情> 같은 데서 자학을 높은 가치로 부각시키고 있다. 특히 <벙어리>는 식민지에서의 민족성을 보여주었기 때문에 그의 이런 시들은 그 당시 검열과 통제로 인하여 발표할 수 없었고 미발표작으로 남을 수밖에 없었는지도 모른다.

벙어리 냉가슴 앓는건
벙어리어미도 알수없으니
누가 그 앞ㅎ음을 알소냐
혼자서애쓰는 고질병을
누가 그 병을 고칠는가?
무슨약이 효과있을가?
의사도약도 않되거던
스스로 제손으로 칼을들어
써늘언 가슴팩이를 푹찔으라
주먹같은 냉덩이가 쑥빠지게
빛잃은 죽은피가 쭉 빠지게
私情없이 敢行하라
그러면 병 낳고 말도 하리라
　　　　소화 17년 1월 8일
　　　　　— <벙어리> 전문

　다 아는 바와 같이 벙어리는 말하지도 듣지도 못하는 장애자다. 그러므로 그는 아파도 억울함도 아무것도 표현할 수 없다. 시 1, 2, 3행에서 벙어리는 냉가슴을 앓는다. 어머니도 모른다. 여기서의 냉가슴은 부조리한 현실의 억울함을 말한다. 즉 벙어리를 통하여 민족의 아픔과 억울함을 대변한다고 볼 수 있다. 4, 5, 6, 7행에서 알 수 있듯이, 그 아픔은 '벙어리어미도 알' 수 없다. 벙어리어미마저 모르는데 누가 그 아픔을 알 수 있겠는가? '의사도약도 안'된다. 누구도 벙어리의 아픔을 들어줄 사람이 없다. 민족의 아픔을 누구도 모르거니와 누구도 해결해 줄 수 없다. 8, 9, 10행에서처럼 스스로 자신의 병을 고칠 수밖에 없다.

그 방법인즉 칼을 들어 가슴을 푹 찔러 응어리진 '냉덩이'가 쑥 빠지고 '빛잃은 죽은피가 쭉 빠지게' 사정없이 찌르는 것이다. 11, 12행에서 그러면 병도 낫고 말을 할 수 있다. 그것은 자기 구제방법이다. 즉 민족 자신이 스스로 각성하여 일어나서 억울함을 호소하고 아픔과 응어리를 해결해야 된다는 뜻이다.

시에서는 <벙어리>라는 시적 표상을 통하여 식민지 치하 망국노의 자화상을 잘 드러내고 있다. 말을 못 하니 그 아픔을 누가 알랴. '벙어리'는 '有口難言'이므로 답답한 현실 그 자체를 말해준다. 구제불능의 식민지 자화상을 펼쳐 보이고 있다. 여기서 말하는 '아픔'은 힘겨운 일제 강점의 식민지 상황에서 시달림을 받고 압박을 받는 민족의 아픔을 상징한다고 볼 수 있다. 이 아픔, 즉 이 고질병은 그 누구도 고칠 수 없고 오직 하나 그 자신만이 스스로 고칠 수 있다는 것이다. 바로 사정없는 자학을 고취함으로써 일종 만능처방으로 승화시킨다. '스스로 제손으로 칼을 들어 / 써늘한 가슴팩이를 푹 찔으라', '찌르려는 칼을 막지 말라 / 푹푹 사정없이 마구 찔'른다. 이러한 자학으로 처절한 일제의 탄압에 대한 강렬한 반항의식 및 시적 화자의 끓어오르는 반일감정과 저항의식을 표현하고 있다. 이 시는 전반적인 이미지에 있어서 식민지 현실의 답답함을 자학으로밖에 해결할 수 없다는 것을 보여주고 있다.

沈連洙 시 작품에는 그가 살았던 시대적 어두움과 당대 우리 민족이 겪었던 삶의 고통이 도처에 드러나고 있다. 그가 어떤 의식으로 썼든지 그의 시적 기법이 상징적 혹은 알레고리 기법으로 쓰이게 된 까닭은 당시의 정치적 상황과 무관하지 않을 것이다. 시대의 검열 때문에 현실을 그대로 고발하거나 반영할 수 없고 오직 시 작품을 통해서 그것을 상징적인 수법으로만 현실을 반영할 수 있었다. 그러므로 우리는 그의 작품을 텍스트문맥에서만 살피지 말고 사회반영의 문맥과 연계시켜 음미하여 그 상징성 및 은유적 기법들이 뜻하는 바의 본질적인 측면에 접근할 수가 있어야 한다.

<벙어리>에서 시적 화자가 비참한 민족적 자화상 및 그 출로를 '벙어리'라는 상징적인 시어를 통하여 표현했다면 <友情>에서는 사실적인 직설법으로 같은 시적 이미지를 창출하고 있다.

　　내가슴을 향하야
　　찌르려는 칼든 손을 막지말라
　　푹푹 사정없이 막우 찔러
　　펑펑 솟아나는 싯컴먼 죽은 피를
　　마음껏 다아 내보이고싶다
　　아여 내쏘는그피를 막지말라
　　약도 붕대도 보기싫다
　　모세혈관에서 부터 염통까지
　　한방울의 피가 않남을때까지
　　……
　　　　　 ― <友情> 후략

'내가슴을 향하야 / 찌르려는 칼든 손을 막지말라'는 반항적인 행동을 말하는데, 이것은 시적 화자가 주체가 되어 현실에 대한 분노를 참을 길 없어 표현하는 자학적 행동이다. '푹푹 사정없이 막우 찔러 / 펑펑 솟아나는 싯컴먼 죽은 피를 / 마음껏 다아 내보이고싶다'는 응어리진 핏덩이를 칼로 사정없이 찔러 '싯컴먼 죽은 피'를 마음껏 내보임으로써 시적 자아의 울분을 단숨에 내쏟아 붓고 싶은 마음의 표출이다. '아예 내쏘는 그 피를 막지말라 / 약도 붕대도 보기싫다'는 용솟음치고 있는 끓는 피를 약이든지 붕대든지 막지 말고 '모세혈관에서부터 염통까지' '한방울의 피'가 남지 않을 때까지 그대로 두라는 뜻이다. 이것은 시적 자아가 현실에 대한 억울한 마음을 참을 길 없어 자학으로 향하는 행동의 표출인데 시적 자아는 피가 한 방울도 안 남을 때까지 저항하려는 의지를 표현한다.

사정없는 철저한 자학에 이르고 있다. 시적 자아는 그러는 자신을 말리는 친구를 밀어낸다. '놓아라 너는 나를 사랑하거든 / 진정을 벗으로 믿는 그대면 / 하려는 모든것을 맡겨두어다구' 애걸한다. '그냥 제멋대루 두어다구', '그러면 최후의 웃음을 웃으며 / 네 손을 힘있게 잡을수 있을거다 / 참다운 우정을 가질수 있을거다'와 같이 시적 화자는 자기의 자학을 말리지 않는 그것이 바로 우정이라고 역설한다. 처절하다. 자학은 약자의 논리다. 그러나 그것은 한편 명석한 두뇌의 소산이기도 하다. 그러기에 <友情>의 시적 화자는 자기를 말리는 친구에게 역설한다. '칼든 손목을 쥐지말아라 / 누구를 남을 살해할 내 아니고 / 쳐놓은 금줄을 끊지 않으며 / 쳐놓은 포장막 않찢으마'라고 한다. 그것은 고스란히 '내 가슴을 향할' 뿐이다. 그럴 수밖에 없었다. 인간은 누구나 삶의 의욕이 있고 안전감을 추구한다 할 때 자학은 일단은 변태적인 방법으로 보지 않을 수 없다.

그럼 이제 남는 문제는 시적 화자들이 왜 자학을 고취하는가 하는 것이다. <벙어리>에서 보면 단지 '벙어리 냉가슴 앓는건' 구제불능이기 때문이다. <友情>에서는 자학의 원인을 밝히고 있지 않는 듯하다. 하지만 두 내용의 자학은 식민지시대에서 비극적인 삶을 살고 있는 우리 민족의 억울함과 아픔이 바탕으로 되어 있는 것은 자명한 것이다. 또한 우리는 거기에서 그 자학행위 추구 자체를 통해 일단 뜻대로 되지 않는 현실적 삶을 감지할 수 있다. 식민지 치하에 뜻대로 되지 않는 것이 우리 민족 구성원의 정직한 삶의 한 모습이 아니겠는가? 그리고 보다 중요한 것은 이 두 작품 모두 자학의 가치를 미학으로 승화시키고 있다는 점이다.

<벙어리>에서 시적 자아는 '주먹같은 냉덩이가 쑥 빠지게 / 빛잃은 죽은 피가 쭉 빠지게', '그러면 병 낫고 말도 하리라', <友情>에서 시적 자아는 '주먹같은 냉덩이가 쑥 빠지게', '펑펑 솟아나는 시커먼 죽은 피를 / 마음껏 다 쏟아내 보이고 싶다'고 외치고 있다. 보다시피 여기서 자학은 죽음을 뜻하는 것이 아니라 벙어리가 말을 할 수 있게 하

고 갑갑하게 억눌려 있던 응어리를 풀게 하는 자기 구제를 말한다. 물론 '주먹같은 냉덩이', '빛잃은 죽은 피'를 '쑥 빠지게' 하고 '쏟아낼' 때만이 사람은 숨을 쉴 수가 있고 새로운 피가 돌고 살아나게 된다. 여기서 <벙어리>는 말 못 하고 듣지 못하는 벙어리가 아니라 비극적 현실을 보고도 마음대로 말을 할 수 없는 현실을 염두에 둔 당시의 억울한 민족에 대한 상징적인 표현이다. 그래서 <벙어리>에서는 '무슨약이 효과있을가 / 의사도약도 않되거던' 누구도 고칠 수 없는 병을 '스스로 제손으로 칼을 들어 / 써늘언 가슴팩이를 푹찔'러 '그러면 병 낫고 말도 하리라' 함으로써 말도 하고 병도 고치고 가슴도 트이게 한다. 자학이 아닌 치료의 방법, 즉 자학으로 현실을 해결하는 긍정적인 확신성을 나타내고 있다. 여기서 沈連洙는 암울한 식민지 현실에 대한 정면 대결보다는, 아니 정면 대결에 앞서 우선 이 현실에서 멍들고 피폐해진 민족 자화상을 새롭게 갱신하여 새로운 모습으로 거듭 태어날 것을 촉구하고 있다. 즉 계몽의식을 불러일으키는 것이다.

<벙어리>와 <友情>은 하나는 시적 화자가 벙어리를 촉구하는 즉흥적인 통쾌함에, 다른 하나는 친구 사이에 말리고 닥치고 하는 '옥신각신'에 시적 긴장을 살리고 있다. 구체적 표현방식에서는 서로 다르지만 답답하고 암울한 식민지 현실인식을 바탕으로 그것의 치유책으로 자학을 부정적으로 반영한 것이 아니라 현실에 대한 저항의식으로 승화시켜 노래하고 있다는 점에서는 공통적이다. 표면적으로 자학은 현실에 대한 소극적 자세로 비치나, 보다 심층적으로 그것은 현실의 객관적 조건의 악렬함에서 시적 주체가 취할 수 있는 강렬한 저항이기도 하다.

위에서 보다시피 시인이 자학을 하나의 현실대응의 방식으로 고취했다면 또 다른 하나의 방식은 죽음으로 현실에 대응한 것이다. 여기서 시인은 죽음을 모든 것이 끝나버리는 종결로 의미하지 않고 죽음으로 현실에 적극적으로 대응하고 그것을 아름다운 희생으로 간주하고 있다는 데 의미를 둔다. 沈連洙는 죽음에 매료된 시인인 것 같았다. 죽음을 제재로

한 시만도 여러 편이나 된다. <死의 美(1)>, <死의 美(2)>, <死>, <돌아
가신 할아버지>, <비명에 찾는 이름>, <肉華> 등이 작품의 주제를 죽
음의 이미지로 부각시켰다면, <벽>의 '죄악을 흘기는 義憤의 눈 / 살았
다 / 죽었다', <환마>의 '또 하나 죽는구나 / 새파란 목숨의 慘死', <턴
넬>의 '또 無數한 목숨이 / 네루를 베고 / 枕木을 베고 / 지나갈 박휘를
기다리고', <우주의 노래>의 '죽음의 도살장에 버티고 서서 / 독배(毒杯)
의 법정을 노려본다' 등은 시의 내용에서 죽음의 이미지로 각인되고
있다. 죽음과 관계되는 시는 여러 편이 있지만 직접적으로 현실에 대응
하고 그것을 미적으로 승화시킨 시는 <死의 美(1)>, <肉華> 등이 있
다. 그럼 아래에 작품 <肉華>를 구체적으로 분석해보면서 죽음의 미가
어떻게 작품에 나타나는지 보기로 하자.

때는 온다.
온天下가 뒤집혀도
겁낼 것 없다.
온地脈이 뒤틀려도
덤빌것 없다.
옴작도 않하는大膽
그속엔 말못할 待機가
駿馬같이 豫期하고 있다.
그속엔 말못할希望이
天馬같이 뛰고 있다.
行屍走肉은 아님.
蠻勇暴爲도 아님.
피없는 고기없고
고기없는 피없다.
피끓고 고기뛰는 義憤
피쏘고 고기 깍는 싸홈
그것은 오직 빛나는 史光

칼끝에 肉華를 피우리라.
銃부리에 肉香을 피우리라.
聖火에 血香을 피우리라.
오! 肉華.
오! 肉香.
亞細亞의 黃端는
曙光에 빛나리니.
때는 만들고야 오노니.
때는 왔다.
— <肉華> 전문

시의 전개로 보면 제목부터 아주 강렬한 어조로 씌어 있다.
‘때는 온다’는 ‘온 天下가 뒤집혀도 / 겁낼 것 없’고 ‘온 地脈이 뒤틀
려도 / 덤빌것없다’의 앞에서 제시해준다. ‘때는 온다’는 와야 할 것은
오고야 만다는 뜻인데, 여기서 ‘때’는 바로 광복의 새날이 온다고 봐야
할 것이다. 그러므로 일제와 싸워야 할 때가 왔으니 천하가 뒤집혀도
지맥이 뒤틀려도 무서울 것 없다는 뜻이다. 때는 1940년인데 일제가
멸망을 앞두고 탄압이 제일 창궐하던 시기였다. 시인은 일제의 멸망을
예기한 듯싶다. 그래서 ‘온 천하가 뒤집혀도’, ‘겁낼 것 없’고 ‘온 지맥
이 뒤틀려도’, ‘덤빌것없’으니 두려워하지 말라고 한다. ‘옴작도 않하는
大膽’, ‘그속에 말못하는 待機’가 ‘駿馬같이 豫期하고’에서는 때가 오
기 전까지는 대기하고 있다가 때가 오면 준마같이 행동하라는 뜻이다.
‘行屍走肉은 아’니고 ‘蠻勇暴爲도 아’니다. 행동한다는 것은 죽으러 가
는 것도 아니고 미개한 것이 용기를 내어 가짜로 위협하러 가는 것도
아니다. 싸움에는 ‘피없는 고기없고’, ‘고기없는 피’가 없듯이 싸움은
네 죽고 내가 사는 처절한 전쟁터로서 희생은 필연적이다. ‘피끓고 고
기뛰는 義憤’은 혈기왕성한 젊은 기백을 말하고, ‘피쏘고 고기깎는 싸
홈’, ‘그것은 오직 빛나는 史光’이다. 의기가 넘치는 젊은이들이 싸우는

것은 나라를 구하고 민족을 구하는 영광스러운 행동이므로 그것은 빛나는 길이다.

시인은 여기 '빛나는 史光'에 초점을 두고 희생을 영예로운 것으로 보고 있는데 이 영예로움이 바로 아름다운 것이며 이 아름다움을 미로 승화시킨 것이다. 그 뒤에 나오는 '肉華', '肉香'이 바로 그것이다. '肉華'는 고기가 꽃으로 피게 된다는 뜻인데 사실 고기를 꽃으로 피게 한다는 생각만 해도 살이 갈기갈기 찢기는 아주 처절한 모습을 형상화하고 있을 뿐만 아니라 '肉香' 역시 고기 향기를 말하지만 여기서 고기가 풍기는 피비린내를 형상화한 것임을 알 수 있다. 시인은 '肉華'와 '肉香'이라는 표현을 통해 시적 대상의 본래의 의미를 변화시키고 있는 셈이다. 즉, 인육이 튕기고 피가 흩날리는 가열 처절한 싸움을 결코 죽음, 멸망으로만 몰아간 것이 아니라 그것을 긍정적인 죽음, 즉 꽃, 향기에 대응되는 대상으로 찬미하고 있다. '오! 肉華 / 오! 肉香'이 바로 그것에 대한 찬미이다. '아세아의 / 서광은 빛나리라' 마찬가지로 아세아의 전체에 그 영광이 빛날 것이라는 뜻이다. '때는 만들고야 오나니 / 때는 왔다' 그 용맹을 빛날 때가 되었다는 뜻이다.

전체적으로 시인은 가열 처절한 싸움터를 칼끝에 肉華를 피우고 銃끝에 肉香을 피우며 聖火에 血香을 피우는 것을 마치 아름다운 불꽃놀이 하듯 묘사하고 있는데 그 표현이 아주 극단적이고 獵奇的인 시어들로 구성되었을 뿐만 아니라 시적 내용이 독자들로 하여금 경악을 금치 못하게 하는 역설적인 내용으로 함축되어 있다.

이 작품에 대해 임헌영은 다음과 같이 평가하였다.

　　이 시에서 이육사의 의지와 닮은 결연성이 엿보인다. 우리 근대 시문학사에서 이와 같은 직절한 자기 헌신의 시를 찾기는 그리 쉽지 않을 것이다. 육신을 바쳐 역사의 한 송이 꽃으로 승화하겠다는 시인의 투지는 비록 그 낯선 시어조차도 긴장미를 더해주는 역할을 한다.15)

이와 같이 현실의 삶에 충실함으로써 생사를 초월한 형태가 있는데 이것은 죽음으로써 극한 상황에 도전하여 자유, 민족, 인류의 해방과 평화를 위해서는 한목숨도 희생시킬 수 있다는 아름다운 자세다. 이로써 시인은 시적 대상을 죽음에서 초탈시켜 미학적 경지로 승화시킨다.

시인은 <少年아 봄은 오려니>에서 오래지 않아 곧 닥쳐올 광복의 앞날을 자연을 빌려서 맞이해야 된다고 부드러운 상징적인 시어로 강조했다면, <肉華>에서는 광복의 앞날을 강한 상징적인 시어로 싸움으로 맞이해야 된다는 것을 제시했다. 두 작품은 모두 곧 닥쳐올 광복을 예감하고 있다는 점에서 같은 이미지를 가진다.

뿐만 아니라 <死의 美>에서 역시 죽음을 아름다움으로 부각시킨다.

> ......
> 死로써 敵을 征服하는 아름다움이여
> 아끼지 않고 받으리라 나는 언제든지
> 　　　　— <死의 美> 부분

'死'는 죽는다는 의미이다. 죽음은 종료이며 세상에서 없어짐을 의미한다. 죽음은 아름다운 죽음과 추악한 죽음이 있다. 정당한 것을 위해 죽는다면 그것은 아름다운 죽음이 되겠지만 비열하고 배반을 의미하는 죽음은 추악한 것이다. 그럼 여기서 말하는 死는 어떠한 죽음인가? 바로 '敵'을 '征服'하는 죽음이므로 정당한 죽음이다. '敵'이란 바로 나의 적, 민족을 해치고 나라를 해치는 '敵'이다. 때문에 이 '死'는 숭고하고 영광스러우며 아름다운 '死'이다. 여기에서 시적 화자는 주체가 되어 '死'로써 시적 대상인 '敵'을 '征服'하는데 그것을 아름다움이라 한다. 이 아름다움을 시적 화자, 즉 주체는 영광스럽고 숭고한 것으로 묘사하고 있다. 따라서 시적 주체는 그 죽음을 주저 없이 아끼지 않고 언제

---

15) 임헌영 / 2001, 앞의 글, p.152.

든지 준비하고 있다는 것을 귀띔한다. 시적 화자는 여기에서 정의를 위한 죽음을 아름다운 것으로 부각시켰다. 위의 두 편의 시에서 작가는 비극적 현실 타개책으로 자학 혹은 죽음을 통한 저항을 작품화했는데 여기서 시인은 역설적인 기법으로 자학이나 죽음을 자아구제 혹은 미로 부각시켰다는 것이 독특한 점이다.

沈連洙 시들은 물론 일제 검열과 시대적 상황에 따른 필연적 결과라고 해석할 수도 있지만, 그보다는 상징적인 시적 이미지로 승화된 감각을 많이 보여준다. 구체적인 작은 물상으로 전체적인 사상과 마음을 대변하는 시적 기법이 현대시적인 구체성을 반영해준다. 그의 시에서 형용적인 이미지나 수사어가 많지 않고, 주로 행위적 동사나 서술적 표현이 많은 점에서 그 상징성은 더욱 강건한 힘을 발휘한다. 뿐만 아니라 이러한 강건한 힘이 비극적 현실에 대한 자학 내지 죽음에 저항했다면 그 저항성은 조국광복과 미래로 지향하는 데 받침돌이 된 것이다.

2) 미래에 대한 낙관적 전망

인간은 과거, 현재, 미래에 산다. 현실에 적응하고 사는 것이 일반적인 생활상일 것이다. 그러나 시공간적 차이 그리고 주·객관적 상황에 따라 과거, 현재, 미래에 있어서 개인적으로 치중하는 바가 다를 것이다. 여기에서 시인 沈連洙는 현실에 대한 부정적인 의식을 강렬하게 느끼고 그 과정에서 내면을 탐색하게 되고 진정한 자아를 발견한다. 따라서 현재 절망적인 현실상황을 극복하고 과거를 지향하면서도 또 미래에 대한 새로운 지향에로의 희망도 끊임없이 갈구한다. 그는 고향을 동일성의 감각으로 볼 뿐만 아니라 현실비판의 차원에서 더욱 심화된 작가적 의식으로 바라보게 된다. 그의 이러한 의식들은 과거와 오늘을 비교하고 미래를 지향하는 시들에서 나타나게 되는데 그것을 가장 잘 드러내고 있는 대표적인 시는 <등불(1)>이다.

尊嚴의 거룩한 등불이
문틈으로 새여든
한줄기 暴風에 쌓여
꺼져버렸습니다.
그옛날 祖上께서
처음 편 그불이
그동안 한번도 꺼짐 없이
이 안을 밝혀왓댓읍니다.
그들은 그 빛에
옛일을 보면서
하고싶은 말을하며
일을 하여왔읍니다.
그러나 지금도 어둠속에서
숯불을 부는이 있으니
또 다시 밝어질때가
멀지 않엇읍니다.
그 등에는 기름도 많이있고
심지도 퍽으나 기오니
다시 불만 켜진다면
이집은 오래 밝어질이다.
　　　　강덕 7년 2월 8일
　　　－ <등불(1)> 전문

　1행부터 4행까지에서 존엄의 거룩한 등불은 우리 민족을 이끌어가던
조상을 말하는데, 그 등불이 한 줄기 暴風에 꺼져버렸다는 것은 그 조
상이 일제에 의해 조난을 당했다는 것을 의미한다. 5행부터 8행까지는
옛날 조상께서 처음으로 광명의 빛을 주었으며 한 번도 꺼짐 없이 방
안을 밝혀왔고 평화를 누리게 하였던 것이다. 그리고 9행부터 12행까
지는 그들은 그 밝은 빛에서 일을 하면서 하고 싶은 말을 하였었다.

이것은 평화스런 시대를 뜻한다. 13행부터 16행까지는 그 등불이 꺼진 속에서 누군가 숯불로 빛을 밝혀주는 이 있으니 언젠가 또다시 등불을 켜고 밝은 빛에서 하고 싶은 일을 하고, 하고 싶은 말을 할 때가 오래지 않다는 것을 뜻한다. 17행부터 마지막 행까지는 다시 그날이 오면 오랫동안 등불을 켜지 않았기 때문에, 기름도 많이 남아 있고 불도 오래 켜고 밝아질 것이라고 한다.

여기서 <등불(1)>은 배달민족의 면면한 문화전통과 주권국가의 명맥 잇기에 깊은 의미를 두면서 과거와 미래에 대한 시인의 지향을 상징적으로 표현하고 있다. 그동안 조상들로부터 이어받아 온 '등불'이 '한 줄기 폭풍에 꺼져버렸'다는 것은 평화로운 배달겨레의 국권과 문화가 외부 침략자의 폭력에 의해 상실되었음을 지칭하는 메타포이다. 비록 이 시에서는 과거에 대한 열망을 적나라하게 표현하지는 않았지만 '등불'이라는 상징수법으로 과거와 현재를 비교하고 미래에 대한 희망을 갈구하였다. '그 옛날 조상께서 / 처음 편 그 불이', '옛일을 생각하였고 / 하고 싶은 말을 하였으며 / 하고 싶은 일을 하였습니다.'에서 보면 '그 옛날 조상'은 과거에 우리 민족을 이끌어가고 처음으로 광명을 주고 빛을 준 사람에 대한 그리움과 자유롭게 말을 하던 과거, 평화시대를 그리게 하는데 은연중에 현재에 대한 불만을 표현한다. 그것은 나라 잃고 고향 잃고 가족을 잃은 우리 민족이 일제 치하에서 모든 자유를 상실했기 때문이다. 이 작품은 당시 1940년대 창씨개명과 모국어 사용까지 금지시키던 민족적 위기 상황을 작품화한 것이다. 앞에서 비극적 현실에서 서술하다시피 일제는 정치적, 경제적, 문화적 수탈을 감행하여 우리 민족의 정체성마저 박탈하려는 야심을 품었다. <등불>은 이런 한 단면을 보여주고 있는 작품이다.

시적 화자는 마냥 그렇게 과거를 그리워하고 현재에 불만만을 하지 않는다. '그러나 지금도 어둠속에서 / 숯불을 부는 이 있으니 / 또다시 밝아질 때가 멀지 않았습니다'는 아무리 일제 통치가 가열하더라도 민족

해방을 위해 싸우는 애국자들이 있음을 암묵적 수법으로 암시한다. 그
는 과거를 그리워하는 데만 그친 것이 아니라 미래에 대한 희망으로
차 있다. 그러므로 끝 연에서는 일시 일제의 침략에 꺼진 등불일지라도
아직 '그 등불에는 기름도 많이 있고/심지도 퍽으나 기오니' 잃었던
나라를 찾고 고향을 찾고 가족을 찾는 데 있어서, 더 나아가 자주독립
과 민족문화를 찾는 데 있어서 그 전망과 용기를 보여줌과 동시에 머
지않아 광복의 날이 올 것이라는 미래에 대한 지향을 보여주고 있다.
　　이재호는 <등불>에 다음과 같이 해석하였다.

　　　여기서 시 <등불>의 시적 언어의 특성은 함축적인 의미의 서정을 예언자
　　적 목소리로 표출하고 있다는 점이다. 이러한 시적 자아는 민족의 역사적
　　숨결을 느끼게 한다. 등불을 일컬어 '존엄'이라는 언어를 사용할 수 있을
　　만큼 민족애의 이상을 노래하고 있다. '한줄기 폭풍'에 비유되는 일제 치하
　　를 시인은 집안의 촛불이 꺼진 것으로 바라볼 만큼 비범하기까지 하다.16)

　　이같이 시인은 현실을 부정하면서 미래에 대해서는 절망하지 않았고
그 누구보다도 희망에 차 있었다. 그는 1940년 4월 일본에서 유학할
때 벌써 일본이 망할 것이라는 것을 예감하였으며 학생 반일운동 활동
에도 비밀리에 참가하였다고 한다. 다음은 몽양과의 대화이다.

　　　"외무대신 마쓰오카가 비록 일소중립조약을 맺고 돌아는 왔지만, 이건
　　양쪽 다 딴 뱃심이 있어 맺은 애초부터 불안한 조약이거든. 게다가 또 일
　　본은 미국과 한판 벌일 속셈이야. 미국과 붙는 날에는 소련이 또한 극동
　　에서 저들의 권익확보를 위해 일소조약을 파기하고 선수를 써서 일본을
　　칠 것이 뻔해. 자, 이렇게 되면 일본의 패망은 결정적이란 말야."17)

---

16) 이재호 / 2001, 앞의 글, p.214.
17) 이기형, 《몽양 여운형》, 실천문학사, 1984. p.152.

이런 현실 속에서 시인은 늘 낙관과 희망으로 차 있었으며 그것을
시 속에 집중하여 작품화하였는데, <少年아 봄은 오려니>에서 그 구체
적인 이미지들이 잘 드러난다.

봄은 가쳐웠다
말렀던풀에 새움이 돗으리니
너의조상은 농부였다
너의 아버지도 農夫다.
田地는 남의것이 되었으나
씨앗은 너의 집에 있을거다
家山은 팔렸으나 나무는 그대로 자라더라
저밑에 대장간집 멀리 떠나갔지만
끌풍구는 그대로 놓였더구나
화덕에 숯놓고 불씨붙여
옛소리를 다시 내여바라
너의 집이가난해도 그만불은 있을게다.
서투른대장의 땀방울이
무딘연장을 들게한다더라
너는 農夫의 아들
대장의 아들은 아니래도……
겨울은가고야 만다.
季節은 順次를 銘心한다.
봄이오면 해마다 生命의 歡喜가
生氣로운 神秘의 씨앗을 받더라.
　　　　— <少年아 봄은 오려니> 전문

이 시는 1943년 2월에 쓰인 작품으로 시인의 해방에 대한 예감과
소망, 그리고 저항의식이 가장 잘 드러나 있다. 식민 치하의 봄은 대개
시인들이 시에서 조국광복의 기대에 찬 상징적 은유로 일반화되고 있

다. 또한 식민 치하가 아니라도 보편적으로 사람들은 억압과 굴종 속에서, 혹은 압박에서 벗어나기 위한 상징으로 봄을 가져온다. 2월은 아직 겨울이다. 겨울이기에 시인은 '봄'을 바란다. '봄'은 모든 만물이 소생하는 계절이다. 봄이 왔으니 모든 농사준비를 하고 있으라는 뜻이다. 沈連洙 시인은 해방이 가까워오고 있음을 미리 예언하고 있다.

첫 부분에서 보듯이 말랐던 풀에 새 움이 돋으니 봄이 곧 가까워오고 있음을 뜻한다. 자연적 희망의 메시지를 던졌는데 여기서 봄은 물론 계절로서의 봄이 아니다. 그것은 국권회복의 봄이며, 광명이 곧 다가오는 봄이라는 뜻이다. 2행부터 4행까지는 광명이 곧 오니 조상으로부터 아버지의 땅, 즉 고향을 찾으라는 암시다. 여기서 땅과 고향은 동류항으로 볼 수 있다. 5행은 땅은 이미 남의 것이지만 여기서는 나라를 잃었음을 뜻한다. 중간부분에 비록 집 잃고 땅 잃고 고향 잃고 나라 잃었지만, 그 모든 것을 찾아주는 이 있으니 귀향준비만 하고 기다리라는 것이다. 즉 광복을 기다리라는 뜻이다. 13행부터 마지막까지는 비록 광복을 찾고 해방을 맞는 것이 시간이 좀 걸리고 힘들더라도 조금만 참으면 농부의 아들인 '너도' 땀 흘리지 않고 무딘 연장을 들게 만들고 남의 땅으로 됐던 田地도 家産도 모두 찾을 수 있다는 희망을 보여준다. 따라서 그것은 계절의 順次처럼 겨울 지나면 '해마다 生命의 歡喜가' 울리고 '生氣로운 神秘의 씨앗을 받'는 봄이 오듯이 광복의 날도 꼭 오고야 만다는 희망을 시에서 보여준다.

시인은 국토에 대한 애정을 바탕으로 농민 또는 농토와의 일체감을 드러내면서 희망적 메시지를 던져주고 있다. 그리고 마지막 부분에서는 '겨울은 가고야만다 / 季節은 順次를 銘心하자 / 봄이 오면 해마다 生命의 歡喜가 / 生氣로운 神秘의 씨앗을 받더라'에서는 첫 부분과의 조응 속에서 그 희망의 필연성을 한 번 더 확인시켜 준다. 이것은 바꾸어 말하면 일제의 멸망에 대한 확신이자 신념이다.

구체적 시구를 볼 때 '왔다', '돋으리니', '가고야만다', '명심하자'의 강한 의지적 표현은 봄에 대해 진한 주관적 호소 색채를 부여한다. 이 것과의 대조 속에서 '봄이 오면 해마다', '받더라'의 객관적 서술은 그 신뢰성을 높인다. 그리고 '봄은 가쳐왔다'와 '겨울은 가고야만다'의 대응, '季節은 順次를 명심하자'에서 봄은 오고야 마는 자연적 순리, 필연을 강조하고 있다. '生命의 歡喜가 / 生氣로운 神秘의 씨앗을 받더라'에서는 자연의 '生命의 歡喜'뿐만 아니라 은근히 인간생명의 환희도 내비치고 있다. 여기서 막연하게나마 자연의 봄, 인간생명의 봄 메시지를 던지고 있다. 마치 '빼앗긴 들에도 봄은 오'듯이 밭은 강제 점거로 남의 소유가 되었지만 원주인이 마음의 씨앗을 뿌려 농사지을 차비, 다시 말하면 이 땅의 주인이 되자는 예언이기도 하다.

여기서 '田地는 남의것이 되었으나 / 씨앗은 너의 집에 있을게다 / …… / 나무는 그대로 자라더라'은 의미 맥락으로 보아 두보 시 <春望>을 연상케 한다. '國破山河在 城春草木深'(나라가 망했지만 산과 강은 그대로 있고 / 봄이 오니 성에는 초목이 짙다)[18]를 일제 치하와 같은 식민지적 상황으로 이동시키면 '田地는 남의것이 되었으나 / 씨앗은 너의 집에 있을게다'와 그 문맥이 의미가 상통한다고 볼 수 있다. 앞부분에서는 나라가 망했다는 이미지로 의미가 상통한다고 할 수 있겠지만 총체적인 문맥으로 볼 때 杜甫의 <春望>이 나라가 망한 처절한 상황 속에서도 어김없이 찾아온 계절과 그런 세월을 살아야 할 화자의 절망적인 감정을 표출하였다면, <少年아 봄은 오려니>는 나라가 망했어도 계절의 순차에 따라 곧 닥쳐올 봄, 즉 희망에 넘치는 시인의 감정을 토로했다. <春望>이 망한 나라에 대한 절망적인 감정을 표출하는 데 역점을 두었다면, <少年아 봄은 오려니>는 앞으로 닥쳐올 희망에 역점을 두었다.

이재호는 이 작품을 놓고 다음과 같이 평했다.

---

18) 김용직, 『한국현대시인연구』상, 서울대학교출판부, 2000. pp.51–53.

우리 민족에게 희망을 안겨준 시가 별로 없었던 시기에 <소년아 봄은
오려니>와 같은 시를 쓸 수 있었다는 것은 눈물겹도록 감동적이다. 무엇
보다 민족의 아픔을 온몸으로 불태운 청년 沈連洙 시인의 짧고 위대한
영혼이 문학을 통해 지조를 지킨 몇 안 되는 우리 민족의 저항시인이었음
도 그의 시 도처에서 밝혀지고 있다. (중략)그는 또 <소년아 봄은 오려니>
외에도 <고집>, <턴넬>, <전차> 등 시작들도 가장 극명하게 沈連洙의 저
항정신을 나타낸 것으로 보고 있다. 그러면서 "심련수 시인이 이육사 선
생과 이상화 시인과 같은 분들에 비해 한 치도 손색이 없다는 것은 이 작
품 이외에도 선생께서 남기신 수많은 유작들이 증명하고 있다."19)

이 시는 제목에서 보듯이 소년과 봄을 주제로 하고 있으나, 시구 풀
이는 민족의 미래를 준비해야 한다는 것을 리얼하게 암묵적 은유 기법
을 이용하여 명시하고 있다는 데 주목해야 할 것이다.

또한 엄창섭은 沈連洙 시인의 시정신과 시 세계를 중심으로 논의하
는 자리에서 <少年아 봄은 오려니>와 <肉華>를 예시하고 다음과 같이
평했다.

일제강점기 민족적인 분노와 자신의 울분을 저항적으로 시편에 담아
토해낸 시인이라면 이육사, 이상화, 김동명, 유치환 등의 시인을 거론할
수 있다. 이 같은 우리네 시단에서 沈連洙 시인은 이 땅의 어느 시인보다
민족이 처한 어려운 상황 속에서 예언자로서의 몫을 충실하게 담당하였다.
2차 세계대전 중인 1940년에, 그는 놀랍게도 역사인식이 뛰어난 민족시인
으로 다음과 같은 시편 <소년아 봄은 오려니>, <肉華>에 조국의 광복은
물론 아시아의 평화를 점철시켰다.20)

沈連洙의 <少年아 봄은 오려니>를 비롯한 시편들을 접한 이재호,
엄창섭은 물론 많은 시인, 평론가들은 沈連洙를 '민족시인'의 반열에

---

19) 이재호 / 2001. 앞의 글, pp.208 –209.
20) 엄창섭, 「강원문학의 새로운 시적 영토와 지평」, 위의 책, pp.189 –190.

올리는 것을 주저하지 않는다. 특히 임헌영은 "심련수는 이 암흑기로 낙인찍힌 시기에 간도지역에서 민족의식이 투철한 문학작품을 썼던 많은 문인 중 그 자료가 발굴된 운 좋은 한 시인이었다"고 보고 "심련수의 존재로 1940년대 암흑기의 문학사가 결코 암흑기가 아님을 입증할 수 있게 되었다"[21)고 높이 평가했다.

沈連洙 시에서 보다 돋보이는 것은 그 비극적 상황 속에서도 비관 실망을 모르고, 그것을 딛고 일어설 수 있는 희망적 메시지를 던져주었다는 점이다. 이로부터 현실과 맞서고 대립하는 양상으로 치닫기도 하는데 이는 주로 시적 화자를 통해서 호소적인 희망의 메시지를 더 확연하게 나타내고 있다. 그것을 제일 잘 나타내고 있는 시는 <地平線>이다.

> 하늘갓 地平線
> 아득한 저쪽에
> 휘연이 밝으려는
> 大地의 黎明을
> 보라, 그 빛에
> 들으라, 그마음으로
> 웨쳐라, 힘찬 성대로
> 달려라, 해가뜰
> 地平線으로
> 막힐것없는 새벽의 大地에서
> 젊음이 노래를 높이부르라.
>> 강덕 7년 4월 1일 용정에서
>> ― <地平線> 전문

시적 화자는 '보라, 그 빛에 / 들으라, 그 마음으로 / 달려라, 해가 뜰 / 地

---

21) 임헌영, 「심련수의 생애와 문학」, 위의 책, p.156.

平線'라고 독자를 향하여 목청껏 호소하고 있다. 물론 희망의 대안은 해가 질 지평선이 아니라 '해가 뜰' 지평선이다. '아득한 저쪽에 / 휘연이 밝으려는 / 대지의 黎明'은 같은 의미로 희붐히 밝으려는 새벽, 희망찬 새벽, 즉 광복의 희망이 보인다는 뜻이다. 그러한 밝은 날이 약속된 지평선에서 생기에 넘치는 '젊음의 노래'가 터져 나올 것을 갈망하고 있음은 자연스런 발상이다. 이는 해가 지는 지평선이 흔히 황혼을 상징하며, 해가 뜨는 지평선은 새벽을 상기시킨다는 일상적 관습과도 무관하지 않다. <地平線>은 구절마다 힘 있는 어조로 호소한다. '보라', '들으라', '달려라' 등 호소하는 시어들과 '그 빛에', '그 마음으로', '해가 뜰 지평선으로' 등 대구적인 시어들로 그 형상적 의미를 구축하고 시적 긴장을 조성하는데 시인의 희망찬 미래를 갈망하는 내면세계를 형상적으로 토로하고 있다. '막힐 것 없는 / 새벽의 대지에서 / 젊음의 노래를 높이 부르라' 여기서 젊음의 씩씩한 모습과 두려울 것 없는 그 용기와 희망을 상상할 수 있다.

<地平線>은 沈連洙에게 있어서 짧디 짧은 인생의 총화 또는 그 시정신의 총체적인 심상이라고 할 수 있다. <地平線>이 沈連洙의 56주기인 8월 8일에 시인의 모교였던 용정의 실험소학교 교정에 우리문학기림회가 세운 沈連洙 시비(詩碑)에 대표 시로 새겨진 것도 이 때문이었을 것이다.

<地平線>은 沈連洙의 시정신과 예술성이 조화를 이룬 작품이라고 볼 수 있다. 하늘과 지평선과 청소년의 빛을 두고 어우러진 이 시의 희망적 미학구조는 강렬한 의미를 발산하며 우리의 주목을 끈다. <地平線>은 순수서정과 희망을 담은 메시지로 상징체계를 이루고 沈連洙 시정신의 모든 것을 함축하고 형상화한 작품으로 꼽을 수 있다. 특히 沈連洙 시의 상징체계가 이 작품을 통하여 완전하게 드러난 것으로 보인다.

위의 작품에서 화자가 강렬하게 표현하고 있는 민중계몽의 사상과 요구는 심화되는 식민지 파쇼정책 속에서도 포기하지 않는 시인의 끈질긴 민중, 민족, 계몽의 사상을 집중적으로 대변해주고 있다고 해야 할 것

같다. 물론 沈連洙 시에서 희망의 메시지는 막연하게 상징적으로 주어
졌고 그것이 구체적인 명확성을 가지고 주어지지는 못했다. 그것은 당
시 시대상황이 희망적인 메시지의 직설적인 구체적 표현을 허용하지 않
았고 또한 沈連洙 자신이 아직 미래 사회에 대한 희망적인 사항을 명
확하게 제기할 수 없었던 주·객관적 원인으로 분석할 수 있다.

　다름 아닌 이 작품은 시인 자신이 일본에서 고학하던 1942년 무렵
에 자선(自選)시집으로 엮은 시집 제목이기도 하다. 원고지 칸으로 바
탕을 이룬 문집 형태의 그의 창작 노트 유고에는 ≪沈連洙시집 <地平
線>≫이란 만년필 글씨가 세로로 선명하게 적혀 있다. 하지만 특이한
점은 그가 손수 푸른색 잉크로 적어놓은 48편의 시편들에는 대표작으
로 꼽는 10편 대부분이 제외되고 있다는 사실이다. <地平線>과 <旅窓
의 밤>만 수록되었을 뿐인데 그 이유는 당국의 검열을 의식한 때문인
것 같다. 바꾸어 말하면 시인 스스로 자신의 시에는 일제 통치하에서
출판에 저촉될 항일의 성격이 짙다는 것을 알고 있었던 사정과 관계된
다. 따라서 沈連洙 시집이 시인 생전에 나오지 않고 오늘날에 전집
형태로 자유롭게 발표될 수 있는 여건을 맞이한 것은 역설적인 행운이
라 볼 수 있다.

4

결   론

　위에서 沈連洙의 시 분석을 통하여 그의 현실인식의 내면세계를 표출하고 있다고 보았다. 시인의 정신구조를 확실하게 규명할 수 있는 방법으로 시에 포괄된 여러 요소들을 분석하면서, 우선 비극적 현실에 대한 인식을 규명하였는데, 여기서는 <턴넬>, <가난한 거리>, <故鄕>, <갈매기> 등을 통해 현실의 비극적 양상과 그 구체화로서의 실향의 삶과 비애의식을 살펴보았다. 다음으로는 그러한 비극적 현실인식에 어떻게 대응해 나섰는가 하는 것을 규명하였는데, 여기서는 <등불>, <少年아 봄은 오려니>, <地平線> 등을 통해 조국현실에 대한 자학적 저항과 미래에 대한 낙관적 전망을 보여줬음을 알 수 있었다.

　沈連洙 시에 대해 일부 비평가 사이에는 당시 문학을 고창하던 시인들과 수평적으로 비할 때 직설적이고 거칠고 예술성이 많이 떨어진다는 논란을 펴며 미숙성 문제를 거론하고 있다. 이렇게 거론하는 것은 연구자들에 따라 다소 편차가 있겠지만 그 이유는 초기 시와 후기 시의 영향 때문이다. 습작 초기에는 좀 미숙하였지만 일본유학 이후로는 시로서의 양식을 갖춘 많은 작품들을 창출해냈다. <故鄕>, <滿洲>, <放浪> 등은 정률시로서 손색이 없으며, 또한 시들의 리듬이 율동적으로 구성되고 시적 언어가 엄밀하게 짜여 있다. 뿐만 아니라 <少年아 봄은 오려니>, <등불>, <갈매기> 등은 시대성을 상징하는

데 있어서 높은 기법이 엿보인다. <빨래>, <海蘭江> 기행시초 등 작품들은 민족성을 드러내는 데 있어서 조금도 손색이 없을 정도로 시 예술성이 높다. 이런 면을 본다면 결코 沈連洙의 시는 예술성이 떨어지는 것이 아니라 매우 높다고 해야 할 것이다. 이런 점들을 종합해 본다면 沈連洙 시는 예술성, 사상성, 작품성을 고루 갖추고 있다고 말할 수 있다.

제 2 부

조선족문학에 나타난 비극적
역사인식과 그 대응

| 김창걸 단편소설을 중심으로 |

1

서 론

해방공간기 한반도의 문학계는 일제의 조선어 말살정책, 창씨개명 각
종 문학잡지의 강제폐간으로 국문문학이 제대로 이루어지지 못하고 일
문으로 된 친일문학만이 존재하였다. 더욱이 이름난 많은 작가들마저도
일제에 순응하거나 또는 절필함으로써 국문문학이 위기에 처했다. 하지
만 이러한 열악한 조건 속에서도 중국 동북지역에 이주하여 살던 많은
문인들인 안수길, 강경애, 염상섭 등은 ≪싹트는 대지≫(1941), 만선일
보 등 국문으로 된 작품집들을 출판하여 한반도에서 소실되어 가던 민
족문학의 맥락을 이어왔고, 어두운 문학사를 이어줄 새로운 공간으로
등장하였다.

오양호는 『韓國文學과 間島』22)에서 일제강점기 한국문학과 간도의
중요성과 그 연구의의에 대하여 설명하면서, 백철이 이 시기를 '일제 일
색의 민족 말살 내지' 또는 '막다른 골목의 문학'으로 보는 견해와, 장
덕순의 '국문학의 기형아, 이단아'라고 하면서 정상적인 건실한 양식을
상실한 비양식의 문학이라고 하는 견해, 또한 임종국의 이 시기 문학은
오직 『親日文學論』이라는 견해에 대해 반론을 하였다. 뿐만 아니라 일
제강점기 한국사에 있어서 간도 위치의 중요성, 한국문학과 간도이민문

---

22) 오양호, 위의 책, p.21.

학의 연관성에 대하여 자세하게 논술하고, 만주지역 조선인작가들의 작품이 일제 말 암흑기 한국문학의 맥을 이어주고 있다고 보고, 그 저항의식과 민족문학적 성격을 부각시키고 있다. 이와 같은 반론은 중국조선족문학을 연구함에 있어 더 없는 중요한 근거로 된다.

≪싹트는 대지≫의 서문[23]에서 염상섭은 재만조선인문학의 중요성과 그 가치에 대해 높이 평가하고, 대륙문학에 있어서 개척자 문학의 특징과 新鮮味, 新生面을 발견할 수 있은 것은 조선문학을 위하여 매우 큰 수확이라고 긍정하였다.

채훈[24]은 김창걸에 대해 『일제강점기 재만한국문학연구』에서 강경애나 안수길만큼 잘 알려져 있지는 않지만, 재만한국문학을 논의하는 데 있어서는 중요한 연구과제라고 하였다. 장백일[25]은 김창걸을 사실주의에 입각한 리얼리즘 문학으로 규정하고 있으며, 일철[26]은 김창걸을 소설 창작의 공백을 메운 찬연한 빛의 작가라며 극찬을 아끼지 않았다.

비록 연구가 부족한 것은 사실이지만, 중국조선족문학사에 있어서 더 나아가 한국문학사에서도 간과할 수 없는 중요한 작가로 자리매김해 나가고 있는 것은 틀림없다.

소설가 김창걸은 1936년부터 처녀작 <무빈골 전설>로 창작생애를 시작하였는데, 1943년까지 <암야>를 비롯한 단편소설 20여 편과 수십 편의 시, 수필, 평론 등을 발표하였다. 그는 일제의 어용문인으로 되어야 한다는 현실의 핍박에 거부하여, 1943년에 절필사[27]를 쓰면서 붓을 꺾어버렸다. 붓을 꺾었지만 이 시대를 반영할 수 있는 작품들 <무빈골 전설>, <암야(지새는 밤)>, <수난의 한토막>, <두 번째 고향>, <낙제>, <청공>, <범의 굴>, <밀수>, <전형>, <강교장> 등 20여 편의 소설작품

23) 오오무라 마스오, 『윤동주와 한국문학』, 소명출판, 2001, p.415. (재인용)
24) 채 훈, 『일제강점기 재만한국문학연구』, 깊은 샘, 1990.
25) 장백일, 『한국리얼리즘 문학론』, 탐구당, 1995.
26) 일 철, 「작가 김창걸의 생애와 창작활동」, 『두만강』, 요녕민족출판사, 1996.
27) 김창걸, ≪김창걸단편소설선집≫(해방 전 편), 요녕인민출판사, 1982, p.235.

들은 조선족의 눈물겨운 현실의 비참한 생활과 일제의 정치적, 경제적, 문화적 수탈을 그려냄과 동시에 더불어 일제에 대항하는 이주민들의 강렬한 저항의지가 주조를 이루고 있다.

작가는 <절필사>(1943)[28]에서 다음과 같이 썼다. "방랑생활 — '인간대학'에서 수업하다나니 별의별 곡절을 다 겪었다. 소련에 가서 조선사람 농촌에서 벼 가을도 해보았고 정어리공장에서 일도 해보았다. 조선에 가서도 조선에서 제일 크다는 H공장에서 한 해 동안 보이라 일을 하는 인부로 있었고 Y공장에서는 이태 동안 수리직장 인부노릇도 하여 보았다. 여기서 나는 인간의 쓴맛 단맛 다 겪어보았다." 사(士), 농(農), 공(工), 상(商)도 체험하면서 남의 동무도 체험하였고, 조선과 중국을 합쳐 바뀌는 네 개 조대 — 망국조선, 일제 통치, 구중화민국, 만주국도 체험하였다. 하느님도 믿어보았고 민족주의의 세례도 받아보았으며 지하공청에도 참가하여 사회주의도 신봉하였다. 방랑생활을 하는 과정에 소련 수용소에도 있어보았고, 일제의 경찰서에도 세 번이나 들어가 고문을 당해보았다. 도박도 체험하였고 모르핀도 빨아보았으며 술고래도 되어보았다. 그가 체험하지 못한 것이라면 돈체험, 벼슬체험, 권세체험, 연예체험 등이다.

김창걸에게 있어서, 인간대학에서 경험한 인생의 다면적인 생활체험과 거기에서 쌓은 풍부한 견식은 당시 사회 현실을 폭로하고 비판하는 데 있어서 더없는 예리한 안광을 키워주었으며, 그의 창작생활에 '훌륭한 밑거름'으로 되었다.

김창걸의 작품을 보면 세 분류로 나누어 볼 수 있다.

1. 초기작품: 무빈골 전설(1936), 소표(수난의 한 토막, 1937), 두 번째 고향(1938), 기념사진(스트라이크, 1938), 그들이 가는

---

28) 김창걸, 위의 책, p.240.

길(1938), 부흥회(1939), 청공(1939), 낙제(1939)

2. "절필사" 이전의 작품: 암야(지새는 밤, 1939), 세상인심(세정, 1940), 마리아(1940), 범의 굴(도망, 1941), 밀수(어머니의 생, 1941), 강교장(1942), 전형(개아들, 1943)

3. "절필사" 이후의 작품: 절필사(붓을 꺾으며, 1943), 새로운 마을(1950), 마을 사람들(1951), 마을의 승리(1951), 행복을 아는 사람들(1954), 정수와 나(1955), 고향길에서(1955), 등기(1975), 일기의 운명(1984), 기다려지는 마음(1984)

본 연구는 주요하게 ≪김창걸단편소설선집≫을 텍스트로 하고, 거기에서 <무빈골 전설>, <소표>, <지새는 밤(암야)>, <도망>, <전형>, <어머니의 반생>, <강교장>, <그들이 가는 길> 등 작품을 집중적으로 조명해보기로 한다.

2

정착과정에서의 현실인식

　김창걸의 작품은 대부분 40년대 우리 민족이 고향상실로 인한 아픔을 가장 절실히 겪었던 시기를 배경으로 하였다. 이 시기에 모두 알다시피 우리 민족은 살길 찾아 고향 버리고 간도로 이주하였다. 이주한 후 그들의 생활은 결코 평탄하지 않았다. 일제의 가혹한 수탈과 청정부의 민족정책은 이주민들에게 있어서 더욱 큰 이중으로 되는 압박이 되었다. 하지만 이런 압박도 우리 민족이 뿌리 내리고 살려는 의지를 꺾지 못하였다. 이러한 비참한 현실과 삶의 의지는 작품 <무빈골 전설>, <소표>, <두 번째 고향> 등에서 나타나는데 여기에서 구체적으로 살펴보기로 한다.

1) 비극적 현실에서의 갈등양상

　이주민들의 대부분은 조선에서 이미 망국조선과 일제 치하라는 두 개의 정치적 조대를 겪으면서 월강하여 오기 전부터 가슴속에 계급적 압박과 민족적 기시에 의한 한을 지닌 민족이었다. 게다가 이주하여서도 또한 두 개 조대의 통치를 겪어야 하였는데 구중화민국의 봉건군벌 통치와 일제의 괴뢰정권인 만주국의 통치였다. 바로 이와 같은 악렬한 사회 환경 속에서 피의 대가를 치러가면서 정착해야 하였다.
　이주민들의 정착에 있어서 첫 관문은 지팡살이었다. 지팡살이란 지주

가 이주민들을 착취하고 약탈하는 기본수단이다. 이주민들은 우선 살아
가기 위해서 출가 전의 딸이거나 아내를 담보로 내세워 지주나 마름한
테서 집, 쌀, 농구 등 먹고 농사짓는 데 필요한 것을 고리대로 꿔 와야
할 뿐만 아니라 지주의 땅을 부치면서 높은 비율의 소작료를 바쳐야
하였다. 만약 이러한 것들을 갚지 못하게 되면 담보로 내세운 딸이나
아내를 지주, 마름의 첩 혹은 머슴으로 바쳐야 한다. 이러한 내용들을
담고 있는 작품들이 바로 <무빈골 전설>, <지새는 밤>, <소표> 등이
다. 먼저 <무빈골 전설>부터 살펴보도록 하자.

　단편소설 <무빈골 전설>은 일제에 쫓겨 살 땅을 찾아 만주로 이주
해온 개척 초기의 농민들의 비참한 처지와 수탈을 소설화하였다. 주인
공 김 서방은 '화령 근방 산골에서 살다 살다 못 해 기사 흉년에 어쩌
다 죽지 않고 요행 목숨이 붙어' 아내 박성녀를 데리고 간도로 찾아들
었다. 살아보겠다는 한 가닥 희망을 이 간도에서 찾아보기 위해서이다.
용두레 마을에 친척이 있는 것도 아니고 정처 없이 떠난 그들은 노상
에서 천 서방의 권유로 그 마을에 정착하게 된다. 땅은 비록 좋고 비
옥하지만 마을이라야 모두 세 집이고 어른 아이 합쳐서 여남은 되나
마나 하였다. 그래도 인심이 좋아 김 서방네는 큰 위안을 얻어 여기에
서 재생의 희망과 새로운 용기를 얻는다. 김 서방 내외는 억척스레 일
하여 삶의 터전을 가꾸어간다. 그러나 병 때문에 빚을 진 김 서방 내
외는 무빈의 빚 재촉에 시달림을 받게 된다. 음흉하기 그지없는 무빈은
빚 대신 박성녀를 내놓으로라고 강요하면서 김 서방을 끌고 간다.

　　"그래, 너 에미네 주겠느냐? 말을 하라. 안주면 탕 하고 죽는다! 음"하
고 무빈이는 탄알 괴운 장총을 다시 뜯어 탄알을 재운 것을 보이고 김서
방을 겨누며 김서방을 달아맨 바줄근을 바싹 조이었다. 너편네를 그놈에
게 주는 것인가, 아니면 죽고마는 것인가?
　　"응, 이 개자식, 죽으려면 죽여라, 어서, 너 그래 잘 살줄 아느냐 응!"

마침내 최후를 각오한 김서방은 그놈의 낯바닥에 걸직한 가래침을 탁 뱉
았다. 그놈의 가슴을 찌르는 총알인 듯이.

"퉤 더럽다. 내 죽으면 네놈들을 씹어먹겠다. 보라! 안 그런가!"

"탕"하고 탄알이 미끄러져 나갔다.

지주의 빚 재촉에 못 이겨 끌려가 죽을지언정 아내를 지주에게 주지
않고 죽음을 당하는 장면이다. 아내 역시 총소리 듣고 들보에 목을 매
고 자결한다. 잘살려고 간도에 왔다가 원통하게 죽어간 이주민이 어찌
한두 집뿐이겠는가? 그러나 끝부분에서는 원을 품고 죽은 김 서방이
원혼이 되어 무빈을 죽이고 그의 일체를 파멸시켜 끝머리가 통쾌한 복
수로 마감을 한다. 처녀작 <무빈골 전설>은 첨예한 사회 현실의 여러
모순과 갈등을 보여주면서 간도로 이주한 초기 이주민들의 비참하고
고통스러운 생활의 모습을 구체적이고 사실적으로 보여주고 있다.

또 <지새는 밤>에서는 나이 쉰에 외눈박이인 윤 주사에게 딸 고분
이를 팔려는 아버지 김성삼에게, 딸 5형제를 팔아 돈을 모은 빚받이
전주 최 영감은,

   응 늬놈의 딸은 선녀드냐 대감의 집 딸이드냐, 이놈아 내돈도 딸을 파
   러 모흔 돈이다. 늬자식만 딸이드냐, 나두 다리 저는 놈에게 후실루 딸을
   줄 때에는 생각이 조치 못했다. 내 딸은 썩은 호박새끼드냐, 나는 딸이 귀
   한 줄 몰라서 파러먹은 줄 알었드냐……29)

여기의 최 영감은 회령에서 온 같은 개척민으로서 자기 딸을 팔아
벼락부자가 된 이주민이다. 당지 지주와의 갈등도 심했지만 또한 같은
개척민으로서의 모순도 심각하였다. 민족사의 가장 힘들었던 한 시대에
서 살기 위해, 빚 갚기 위해 사랑하는 딸을 팔아야 했고, 부자가 되기

---

29) 김창걸, 위의 책, pp.153-154.

위해 딸을 팔아야 했던 두 개 극적인 현실을 작가는 예리한 필치로 폭
로하였다.

같은 맥락으로 비참한 현실을 반영한 작품 <소표>도 살펴보기로 하자.

작품 <소표>는 1910년대와 1920년대를 배경으로 역시 이 시기 우리
민족이 겪어야 했던 고난의 모습을 보여주고 있다. 역시 살길 찾아 간
도 땅에 들어와서 겪는 모진 시련, 나아가 망국노의 운명에서 벗어나기
위해 일제와 당지의 지주들과의 갈등을 묘사하고 있다.

주인공 영삼이는 정직한 마음으로 열심히 일만 잘하면 살길이 있으
리라 믿고 아껴 모은 돈을 밑천 삼아 겨우 꼬부랑 송아지 한 마리 사
키워서 농사지으려고 생각한다. 그러나 이 송아지 때문에 영삼이는 화
를 입는다. 악질 지주 송 주사와 결탁한 관청의 소표 검사원들이 마을
에 와 소표에 기록된 것과 맞는가 맞지 않는가를 대조한다. 만약 맞지
않으면 벌금에 처하는데 영삼이는 이미 계획을 짜고 결탁한 이들에게
걸려든다. 생트집을 잡아 그에게 벌금 15원을 안겼는데 영삼이가 억울
하다고 불복하자 그에게 물매를 안긴다. 15원 되는 벌금을 하지 못하
게 될 줄 뻔히 아는 송 주사는 올가미를 만들어 벌금 대신 영삼이의
여동생을 첩으로 삼으려는 심사였고, 또 다른 계획은 벌금을 못 내게
되면 고리대를 놓아서 영원히 그의 발목을 묶을 심사였다. 동네 이웃들
이 모여서 모아봤지만 액수는 부족하였고, 그렇다고 동생을 첩으로 보
낼 수는 더더구나 안 되는 일이어서, 할 수 없이 송주사의 장리변을
맡아 쓰기로 하였다.

> "거꾸로 된 이놈의 세상이……아무리 돌이 뜨고 나무가 가라앉는 세상
> 이로서니……응, 강벼락 맞을 놈들……"
> ― 중략 ―
> ― 조선이나 간도나 돈 없고 나라 없고 권리 없이는 매 한가지가 아닌가!
> 언제나 바른 세상이……음, 이를 악물고서라도 살아서……그런 세월이……

나라 잃고 고향 잃고 집 잃은 이들, 돈 없고 권세가 없는 이들이 어데 간들 잘살고 억울함을 당하지 않겠는가? 이들의 억울하고 원통함은 이루 다 말할 수 없었다.

하지만 이런 비극적인 현실에 대해 개척민들은 순응하지 않았다. 작품 <무빈골 전설>에서는 비록 죽었지만 그 죽음은 원혼이 되어 무빈이의 처자식, 집짐승을 다 죽이고 무빈이를 소경으로 되게 하여 울고불고 시달리다가 저절로 구렁텅이에 빠져 고통스레 죽게 복수를 하는 것으로 끝을 맺는다. 뿐만 아니라 <얌야>도 결말부분이 비극적인 것으로 끝나는 게 아니고 역시 명손이와 고분이의 탈출로 끝을 맺는다.

　　　이 어두운 밤이 밝으면 빛나는 대낮이 되듯이 나와 고분이와의 앞길에
　　도 이 어두운 밤이 지나가고 밝은 해발이 비쳐주기를 마음속으로 빌면서
　　나는 어두운 이 밤길을 빨리하였다.30)

하지만 <소표>는 앞날에 대한 동경은 하지만 적극적인 자세는 미흡하다.

　　　눈을 들어 하늘을 쳐다보니 파란 하늘에 흰구름쪼각이 남쪽으로 떠가
　　는 것이 보인다.
　　　―조선이나 간도나 돈 없고 나라 없고 권리 없이는 매 한가지가 아닌
　　가! 언제나 바른 세상이……음, 이를 악물고서라도 살아서……그런 세월
　　이……31)

결국 그들은 나라 찾고 잘살기 위해서는 싸우는 길밖에 없다는 것을 인식하게 된다. 그들의 원한은 나중에 독립운동가로 되어 민족의 한을 풀 수밖에 없다는 불타는 의지를 키워준다.

---

30) 김창걸, 앞의 책, p.157.
31) 김창걸, 위의 책, p.38.

<무빈골 전설>이 당지의 지팡주인 지주와의 갈등이었다면, <지새는 밤>은 같은 이주민이고 개척민으로 벼락부자가 된 지주와의 갈등이었으며, <소표>는 당지 관리들과 결탁한 조선이주민을 보호한다는 명분으로 간도에 들어온 일제 세력과의 갈등이라고 볼 수 있다.

2) 비인간적 매혼에서 탈출

앞에서와 같은 갈등은 당시의 극빈한 생활에서 생기는 원인이었고 이러한 원인은 인간세상의 가장 원초적이고 가장 아름다운 혼인으로 하여금 비인간적인 매혼에로 치닫게 한다. 극한 상황 속에서도 인간의 본연은 변하지 않는다. 물론 인간의 가장 원초적이면서도 순수한 것이 진실한 사랑이라면 그것은 또한 인간세상의 영원불멸의 존재이기도 하다. 어떤 시대를 막론하고 순수한 사랑은 변하지 않는다.

김창걸 작품 <지새는 밤>에서 보면 시대가 일제강점기이고 비극적인 삶을 살아가는 이주민들이라고 하지만 그들에게도 인간 본연으로서의 사랑이 내포되어 있다.

소설 <지새는 밤>은 신춘문예 당선작으로 『만선일보』에 연재되었고 그 후 재만조선인 작품집 《싹트는 대지》에도 수록되었다. 소설 내용은 이주민의 아들인 명손이가 밑천으로 50원을 채워 한마을에 살고 있는 고분이에게 장가가려 하고 있지만 그가 모은 돈은 22원밖에 안 되었다. 이때 한마을에 살고 최 영감에게 진 빚 150원을 갚지 못하여 심하게 빚 독촉을 받고 있는 그녀의 아버지는, 고분이를 200원에 팔려고 하였다. 사려고 하는 사람은 두 사람인데, 하나는 나이는 젊지만 보기 흉한 외눈인데다 200원을 치르고 나면 남을 것이 별로 없는 가난뱅이고, 다른 하나는 부자이긴 하지만 나이 50이 넘은 영감으로 '장인보다 이상이라 이제 한 십 년 살는지도 알 수 없는데, 이십 년을 산다면 다행이요 오늘 죽는대도 액상이라고는 안 할 터인 사람'이다. 그래서 결단 내린 것이 그래도 돈 있고 사람이 그리운 집이니 만일 고분이가 윤주사가 바라는 대로 아들만 낳아준다면 윤씨 가문에서 다시없는 대접을 받으며 호강을 할 터이니 가난에 지지리 쪼들리기 보단 낫다고 여겼다. 이것을 안 명손이는 가만히 앉아 사랑하는 여자를 빼앗길 수 없었다.

명손은 비록 농촌에서 자랐지만 근면하고 슬기로우며 담대하고 용감한 성격을 가진 청년 농민이었다. 그는 언제나 힘을 믿고 그 어떤 곤란이라도 이겨내면서 끈질기게 살길을 헤쳐 나가는 소유자이며, 여기저기서 얻어 배운 글로 소설책을 읽을 줄도 알고 있다. 게다가 노래도 잘 부르고 여러 가지 악기마저 다룰 줄 알아 마을에서 재간둥이로 치부하고 있다. 그는 어느 모로 보나 빠진 데 없는 준수한 젊은이다. 명손은 한마을에 사는 고분이와 순정을 나누면서 정열적으로 사랑을 속삭이는 연인 사이다. 그러나 가난은 그림자처럼 따라다녀 명손이에게는 화근이 된다. 이로 인하여 그들의 사랑에는 모진 시련이 들이닥치게 되는데, 명손이는 절대 이 고난에 머리 숙이지 않고 이겨 나가려 애쓴다.

명손이는 고분이에게 장가들기 위해 길 닦기, 석탄 캐기, 땔나무 구하기 등을 하였지만 빚 갚을 돈 액수는 채우지 못하였다. 돈 액수를 채우지 못해 애타고 있을 때 그들의 순수하고 아기자기한 사랑에는 비운이 덮친다. 바로 그렇게도 아끼고 사랑하던 고분이가 자기 아버지보다 나이가 더 많은 영감한테 팔려가게 된다. 이 흥정장면을 목격하게 된 명손이는 서슴없이 뛰어 들어가 그 혼인을 파탄시킨다.

'나는 물분을 하나 만지다가 그만뒀다. 분을 발라 뭣하는가? 제 생긴대로 그 본얼굴이 얼마나 좋으냐! 눈썹을 밀지 않아도 좋다. 분을 바르지 않아도 좋다. 고분이는 말하자면 함박꽃이다. 산속깊이 제멋대로 어글어글하고 탐스럽게 핀 함박꽃이다. 뭇사람이 보지 않아도 좋다. 나 혼자 보면 그만이 아니냐!'

......

나는 십전짜리 거울 하나, 무명실 오전어치를 사가지고 시장끼를 참으며 길을 빨리하였다. — 엊저녁에 울던 고분이를 오늘 저녁에는 기쁘게 하리라고 고분이의 생각만 하면서.

나는 신문지에 싼 눈깔사탕을 꺼내어 고분이의 손에 쥐어 주고 거울과 실도 내어주었다.

"무슨 돈으로 이렇게 샀음둥?"

"내 주먹에 맨 돈이다. 젊은 놈의 주머니에 돈 안 생긴대?"

고분이 좋아하는 것을 보니 오늘 어깨가 붓도록 나무를 지고 가던 일이 싹 잊어진다.

"야 고분아"

"응?"

"너 이 실루는 내 오금매끼(대님)를 하고, 이 거울은 저 머시기……야, 뭐라구 했으면 좋을가……그저 두구 봐라, 그리구 마음만 굳게 먹어라!"32)

여기서 보여주는 바와 같이 명손이의 나무를 해다 판 돈으로 개 눈깔사탕과 거울, 실 등을 사다 주거나 가마 타고 시집가는 아름다운 내일을 동경하는 등의 다감한 묘사는 바로 당시 조선족 청년 남녀들의 민속생활의 단면이기도 하다. 또한 작가는 이 소설에서 향토적 색채가 짙은 언어를 사용하는데 더욱 친절미가 가미된다.

'제가 이백원을 내겠습꼬마, 다른데 팔지 맙소'

......

'령감, 꼭 이집으로 서방을 오겠습둥? 와도 첫아이는 저를 줍소, 그래도 꼭 기어코 오겠음둥?'33)

그날의 흥정은 흐지부지하고 말았다. 그러나 나중에 고분이의 아버지

---

32) 김창걸, 앞의 책, p.144.
33) 김창걸, 위의 책, p.155.

가 윤 주사에게 사정사정하여 200원에 매매가 이루어졌다고 한다. 이에 최후의 길을 선택한 명손이와 고분이는 야간도주를 감행하고 말았다.

> '이 어두운 밤이 밝으면 대낮이 되듯이 나와 고분이의 앞길에도 이 어두운 밤이 지나가고 밝은 해발이 비쳐주기를 마음속으로 빌면서 나는 어두운 이 밤길을 빨리하였다.34)

보다시피 이 소설은 갈등구조가 단순하고, 대사가 별로 많지 않지만 빈자와 부자 사이에서 어떻게 사랑이 매매되고 있는지 당시의 생활의 극빈상을 잘 드러내고 있다. '이 몇 해 어간에는 매혼하는 일이 점점 드물어가지만 그전만 해도 퍽 심했던 것을 나는 간도에 들어와서 듣기도 했고 보기도 했다. 그 때문에 부자 된 사람도 있지만 쫄딱 녹은 사람이 훨씬 많다. 최 영감과 최돌이가 좋은 실례이다.'35) 하지만 이런 상황에서도 명손이와 고분이는 모진 시련을 이겨내고 아름다운 사랑을 지키려고 애쓴다. 특히 이들의 행동은 소극적이고 어쩔 수 없이 감행된 행동이지만 부정적인 사회에 대한 반항이고 밝은 미래를 그려내고 있다는 점에서 문학적 의의가 크다. 그리하여 작자는 야간도주를 하고 있는 그들의 앞길에 밝은 미래를 제시하였던 것이다.

---

34) 김창걸, 위의 책, p.151.
35) 김창걸, 앞의 책, p.151.

3

비극적 역사에 대한 적극적인 대응

　일제강점기에서 민족의 삶이 비극적이었다는 것은 더 말할 것도 없다. 특히 일제의 수탈은 이주민들에게 있어서 경제적인 재난을 가져다 주었을 뿐만 아니라, 문화적 면에서도 각지의 사립학교들을 공립학교로 개편한다는 미명으로, 조선인들의 학교에서 일본어로 강의하여 일본인 정신을 주입하는 '황민화'한 학교로 만들어 민족문화에 더없는 막대한 손실을 끼쳤다. 그들은 조선과 만주의 교육령을 개정하고, 학교의 명칭, 교육 내용을 일본 학교와 동일하게 했다. 1940년 그들은 조선일보, 동아일보 등 조선말 신문을 폐간시키고, 조선어학회 등을 강제로 해산시켜 민족문화의 말살을 꾀했다. 일제의 창씨개명과 민족동화정책을 반대하여 싸우는 저항의지는 <강교장>, <전형>, <기념사진> 등 작품에서 표현된다. 이것은 주로 지식인을 주제로 하는 진보적 지식인들의 생활을 묘사하는 작품으로, 현실에의 강한 저항의식을 표명하고 있는 것을 볼 수 있는바, 그들의 강한 저항성과 예리한 현실인식의 태도로 작품의 직접적인 주제 도출을 꾀하고 있다.

1) 부정적인 현실에 대한 대응양상

　<강교장>은 일제에 의하여 우리 민족이 세운 학교들이 폐쇄되는 상

황을 그리면서 민족교육의 수난을 통해 앞으로 나아갈 방향과 이념을 교육하는 작품이다.

이 소설은 70여 호의 이주민들이 살고 있는 한 마을에 원래 있었던 학교가 일제의 경신년 대토벌로 문을 닫아버리자, 청소년들은 교육을 받지 못하고 방향과 지향을 잃은 채 '야회(도박의 일종)'로 하루하루를 소일하고 있다. 청소년들이 이와 같이 타락되는 것을 보고만 있을 수 없었던 강 교장은, 마을 사람들을 이끌어 다시 학교를 일떠세운다. 마을 사람들은 일제히 그를 교장으로 추천한다. 그는 원래 순박한 농사꾼으로 의병활동을 하다가 대세가 기울어지자, 집에 돌아와 계속 농사일을 하고 있던 사람이었다. 그는 학교를 위해서 무보수로 일하였는데 유능한 교원도 청해 들이고 책걸상도 손수 만들고 허물어진 벽도 손수 수리하면서 학교를 알뜰히 꾸려간다.

1939년 '만주국'정부에서는 각지의 사립학교들을 공립학교로 개편한다는 미명으로, 조선족 학교들을 일본정신을 주입하는 '황민화'한 학교로 만들기 위하여 일본말을 모른다는 구실로 강 교장을 해임시킨다. 학교의 공립개편을 선포하는 대회날, 강 교장은 모여온 사람들 앞에서 몇 마디 연설을 한 뒤, '사립학교 폐쇄 망세(亡歲)!' '공립학교 개편 亡歲)!'를 소리 높이 외치고 자리에서 물러난다.

여기서 주되는 것은 강 교장으로 대표되는 우리 민족의 저항 성격이다. 공립학교 개편식을 하는 날 강 교장은 몇 마디의 연설을 한 뒤 기발하게도 '만세' 대신 '망세'를 불렀다는 것이다. 즉 일제의 통치하의 현실세계는 '망할 놈의 세상'이라는 말이 된다. 이는 분명 우리 민족의 저항의지를 드러내는 일면이다. 그리고 이 소설에서 보면 강 교장은 이전에 의병활동을 하였던 사람이고 지금도 '산 손님'들과 연계가 있는 사람으로 그려져 있다. 소설에서는 이렇게 쓰고 있다.

하루아침 일어나니 지난밤에 내 있는 학교동네에 '산손님'들이 왔다갔다는 소문이 짜하게 들려왔다. 그 '산소님'들은 하나들이 아니라 10여명이, 빈손으로 아니라 총까지 메였다고, 그저 막옷이 아니라 제법 누런 군복차림으로 왔댔다는 것이다. 잠시 방문한 것이 아니라 밤참까지 먹고 두 시간이나 있다가 갔다는 것이다……동네 사람들을 학교 안에 모여 놓고 (물론 더러는 교사 바깥에 서있었다)선동연설을 하고 혁명가를 부르며 거기 맞춰 '사바께딴스'랑 추면 즐겁게 놀다가 가버렸다는 것이다.

그리고 '산 손님'들은 강 교장에게 지하족이라는 신발 몇백 켤레를 사 보내라고 부탁까지 하고 갔다. 물론 강 교장은 그 부탁을 어김없이 수행하였다. 여기에 등장한 '산 손님'은 두말할 것 없는 우리 민족 항일 유격대원들이다. 이 소설의 진의는 우리 민족의 이념에 의한 저항의지를 그려내는 데 있다.

같은 주제로 표현되는 작품 <개새끼>를 볼 수 있다.

소설 <개새끼>는 일제의 민족동화정책에 대한 우리 민족의 저항을 반영한 작품으로, 주인공을 통한 그 저항은 비록 그것이 자연발생적인 것으로 표현되기는 하나, 낙관적인 유머와 코믹한 언어들은 일제에 대한 적나라한 야유와 풍자로 그 저항의지를 드러낸다.

원래 성격이 외곬으로 고정하고 어련무던하던 주인공 전형은 나이 반오십이 되면서, '비뚤이'라는 별명을 가질 만큼 익살꾼이 되고 풍자꾼이 되었다. 정부에서 농망기에 백성들을 길 닦기에 내몰자 이를 비꼬아 "암, 잘 닦아야 합지유. 떡덩이가 떨어져도 그분들이 슬쩍 집어 잡숫도록 빤빤하게 말이지유, 그저 사또님 말씀이야 다 옳습디. ……그렇지유, 내일 꼭두새벽부터 나가 닦읍시다." 하고는 당장 나가는 시늉을 한다. 순사가 그에게 이름을 물으면 '전무(全無)'하 대답하여 그 순사와 한바탕 실랑이질을 하였고, 원적이 어딘가 물으면 '……큰 원적은 태양계, 지구, 동반구, 대일본제국, 소만주국……, 작은 원적은 양천동, 개목바위골, 복판 큰길, 세 번째 오솔길, 징검다리 왼쪽, 김 영감네 개똥밭머리……'라 대답하여 순사들을 골려주었다. 순사들이 그더러 '황국신민의 맹세'를 외우라고 하면 그는 서슴없이 '와락와락, 고국신 미나리'라 첫 마디를 떼어 상대방을 질리게 하였고, 창씨 개명한 이름을 대라고 하면 또 서슴없이 "저 조상들에게 똥칠을 하게 되는― 저, <이누꼬>(개아들) 라고 창씨했어유" 하고 대답하였다. 그리고 순사들을 골려주려고 일부 러 찾아다니면서 순사들과 조우할 기회를 만들었다. 하여 그는 왜놈들 을 골탕을 먹이기도 하고 많이 맞기도 하였으며, 감옥에도 갔다 왔고 나중에는 맞은 매 때문에 시름시름 앓다가 죽는다.

소설 주인공의 이와 같은 비극적 운명은 바로 그의 저항의지에서 비 롯된 것이다. 야유의 성격을 띤 그의 이 저항은 비록 이념적으로 교육 받은 것은 아니나, 자연발생적인 것으로 그려져 있지만 일제에 대한 저 항은 매우 강렬했던 것이다.

작가는 이와 같이 풍자적인 필치로 일제의 '민주동화정책'을 신랄하 게 비판하였다. 그는 주인공 전형이라는 인물을 내세워 일제의 창씨개 명과 민족동화정책에 맞서서 직접 왜놈 순사나 얼왜놈(조선사람) 순사 에게 일본말 발음과 그에 근사한 우리말 단어의 뜻을 교묘하게 대조시 켜 엮어가면서 그들을 골려주고 풍자한다. 김 삿갓의 한풀이 방식과 근 사한 한풀이 방식이라고 할 수 있다. 작가의 저항의식은 작품을 통해 알 게 모르게 드러나는데, 그러한 의지는 <절필사>를 쓰면서 왜곡된 역사 에 대한 굳은 의지로 표현된다.

2) 절필로 왜곡된 역사에 대한 저항

위의 작품 <강교장>, <전형>, <개새끼> 등 작품에서 우리는 일제들 이 식민지 땅에서 시종 민족차별화 정책과 민족도화정책을 실시하여, 일제화 교육과 창씨개명을 실시해온 강제정책에 대해 맞서 싸운 우리 민족의 대응양상을 볼 수 있었다. 작품의 이와 같은 양상은 작가의 문

학정신과 정신세계와 갈라놓을 수 없다. 그리고 그 작가의 다양한 생활
경험 역시 작가의 세계관 형성에 중요한 영향을 끼친다.

　작가 김창걸은 작가가 되기 위해 가난해야 하고 글공부와 문학공부
를 해야 하고 또한 인생체험까지 있어야 한다고 언급하고 있다. 집이
원래 가난하였고 중학공부까지 남의 도움을 받아가면서 하였고 문학책
들도 많이 읽었다. 또한 그의 7년간의 방랑생활을 동하여 사회 하층민
들의 많은 생활을 체험하였다. 그는 이렇게 말했다.

> 사(士), 농(農), 공(工), 상(商)도 체험하면서 남의 동무도 체험하였고 조
> 선과 중국을 합쳐 바뀌는 네 개 조대―망국조선, 일제 통치, 구중화민국,
> 만주국도 체험하였다. 하느님도 믿어보았고 민족주의의 세례도 받아보았으
> 며 지하공청에도 참가하여 사회중의도 신봉하였다. 방랑생활을 하는 과정
> 에 소련 수용소에도 있어보았고 일제의 경찰서에도 세 번이나 들어가 고
> 문을 당해보았다. 도박도 체험하였고 몰핀도 빨아보았으며 술고래도 되어
> 보았다. 그가 체험하지 못한 거이라면 돈체험, 벼슬체험, 권세체험, 연예체
> 험 등이다.(절필사에서)

　김창걸은 가난한 교원, 농민, 회사원, 지식인, 심지어 여급 등 만주
조선인사회의 최하층 인간들을 주인공으로 내세우고 있으며, 그들의 어
려운 삶과 심리적인 갈등 및 인간적인 성실성을 찾으려는 노력을 보여
주고 있다. 바꾸어 말하면 시대의 반역아, 일제와 착취계급에게 정면으
로 도전한 최서해식 소설에서 나오는 주인공은 볼 수 없다. 최하층 인
간들의 상대역은 지주나 자본가, 더욱이 일본이 아니다. 낡은 세계의
보편적인 질환으로 되는 가난과 타락과 허위와 인간의 팔자일 뿐이다.
따라서 작품은 이러한 몽롱한 세계에서 깨어나려는, 인간적인 성실성을
되찾으려는 주인공들의 몸짓을 그리고 있다. 이것은 위만주국의 언론통
제를 의식하고, '필봉을 낮춘' 결과이며, 따라서 이러한 작품의 양상만
이 김창걸의 생존을 가능케 하였던 것이다. 그러나 이것은 김창걸 본인

도 이와 같은 창작은 다만 자신의 울분이나 풀면서 개인적 창작의 범주에만 머물 뿐 공개적으로 발표할 수 없는 것이기에, 일제에게 나라를 빼앗겨 억압당하고 있는 우리 민족에게는 아무런 영향도 미치지 못한다는 것을 알았다. 그는 당시 상황을 이렇게 썼다.

당시 어떤 작품이 당선되는가를 미리부터 살펴보았는데 그것은 현재 당국의 정치에 대하하여 조금이라도 불만을 보여서는 안 되고 될 수 있는 대로 썩 좋다고 하면 그럴수록 '합격'되는 것이다. 이 진리를 나는 알고 있었으나 그 정도를 딱히는 몰랐다.

아무래도 당선은 돼야 한다고 생각한 나는 그 부위에 맞춰 쓰지 않을 수 없었다. 이런 표준으로 원고를 올리훑고 하면서 마치 현사회가 태평선대인 듯이 묘사하였다.

그러면서 그는 사회주의 운동을 하였던 사람답게 절개만을 지키려고 하였다. 이런 와중에 신문사에서 '내가 즐겨 읽는 글귀'라는 제목으로 400자에 달하는 글을 청탁하였다.

'까마귀 싸우는 곳에 백로야 가지 말라
성낸 가마귀 흰빛을 새오나니
창파에 좋이 씻는 몸 더러일가 하노라'와 정몽주의 시조
'이 몸이 죽고 죽어 일백넌 고쳐 죽어
백골이 진토되어 넋이야 있고없고
님향한 일편단심이야 가실줄이 있으라'

그는 청탁에 이렇게 자신의 의사를 밝혔다. 이것은 신문사에 커다란 파문을 일으켰다. 편집장은 당국을 반대하는 것이 아니냐는 질책으로부터 시작하여 필봉을 낮추어가며 발표될 가능성도 생각해야지 않겠냐고 하였다. 이와 동시에 또 다른 원고청탁을 받았는데 '대동아 전쟁과 문

인들의 각오'라는 제목이었다. 두 원고는 그에게 있어서 커다란 고민거리였다.

　　다소 혁명사업에 참가하느라다 쭈구러지고 주저 앉기는 했으나 '절개'만은 지켜야 하리라고 다짐한 사람이었다. 그래서 내심상 '격투'하다가 끝내 이기지는 못하였다. 신문사 주문의 내용 요지에 약간의 살을 붙이어 그대로 쓰고 말았다. 왜냐하면, 모처럼 얻은 '작가'라는 영예를 그냥 보존하기 위하여, 만일 이런 주문에도 응치 않는다면 내 존재는 문단에서 아주 없어지고 마는 것이 아닌가! 이렇게 생각되어서였다.

그 후 과연 신문에 발표되었는데 비록 장편대론도 아니고 또 그가 혼자서 쓴 글도 아니지만, '글을 뜻에 둔 지 15년, 작품을 습작하기 시작한 지도 8년, 첫 작품이 발표된 지도 5년, 그동안 소위 문인이라고' 자처하던 그는, 결국 '대동아전쟁의 고취자'로 된 가슴 아픈 자책을 하지 않을 수 없었다. 그는 만주에서 작가라고 자처하는 자신에 대한 모멸감을 떨치지 못하고 갈등을 겪기 시작하였다. 그러다가 그는 알고 한번 모르고 한번이란 말과 같이 한번 저지른 잘못을 더 저지를 수는 없는 일이라고 결심하고 끝내 붓을 꺾기로 마음먹었다. 마지막으로 그는 이렇게 말하였다.

　　돈도 안 생기는 노릇, 명예나 지위란 보잘것도 없는 노릇, 성공할 가망도 꼬물도 안 보이는 노릇, 더구나 대작품을 쓸 가망이 전혀 없는 노릇, 기껏해야 일본놈들 졸개나 되기 마련인 노릇, 살아도 못 살고 죽은 뒤 천추에 누명나 끼칠 노릇, 다른 사람들은 모르겠지만 내가 한다는 문학 — 작품을 쓴다는 것은 이런 노릇임을 정말 가슴 깊이 깨달았다. 깨닫지 못할 때에는 몰라서 속히워 하노라고 하지만 알고서야 어찌 다시 범한단 말인가?
　　우선 붓을 꺾고 보자! 아무런 미련도 있어서는 안된다. 나는 이제 붓을 꺾으려 '절필사'를 쓴다.
　　쓰고보니 마치 거치장스러운 '혹'이나 떼어 버린 듯이 거뿐하고 시원스럽다.
　가슴이 후련하구나!
　잘가라 붓이여!

이 글을 마감으로 마침내 그는 작가의 양심으로 붓을 꺾어버리고, 그토록 문학에 둔 뜻을 포기함으로써 일제강점기 그 저항의지를 강하게 보여주었다. 이리하여 그는 해방 전 창작을 결속 지었다.

김창걸의 '절필사'에서 몇 가지 당시 사회상황과 작가의 저항의지를 읽을 수 있다.

먼저 만선일보에서 현상 모집하는 신춘문예에 해당되는 작품이 갖추어야 할 조건, 작품 내용에 따라 학예면 담당자의 부당한 간섭이나 규제 그리고 지정제목으로 글을 쓰라고 강요하는 사실 등을 고발함으로써, 만선일보와 재만조선인문학과의 관계양상을 그 근거로 재검토, 재평가할 수 있을 만한 근거를 제시하여 주고 있는 점이다.

둘째는 그의 성장과정에서 이념관계 가입하여 활약했다는 점이고, 이러한 행적은 왜곡된 세상을 바로잡기 위해 홍범도 부대로 가는 초기 소설 <소표>, <두 번째 고향> 등의 주인공들과 비슷하다는 것을 알 수 있다. 그러므로 이것의 형상화는 문학적 수용을 시도한 것이라고 볼 수 있다. 이러한 의미에서 상술한 작품들은 인간관계와 주제의식이 많이 은폐되어 있는바, '자유로운 문학의 시대'를 맞으면 그러한 주제의식들이 보다 분명하고 예리하게 펼쳐질 가능성을 지니고 있다.

이러한 몇 가지 면에서 김창걸의 자서전성 수필인 '절필사'는 일제강점기의 김창걸의 문학을 연구하는 데는 물론 재만조선인문학의 진면모를 살피는 데 있어서 더욱 중요하게 다루어야 할 것이다.

4

결 론

중국조선족문학은 중국조선족문학의 한 분야로서, 기타 문학 분야와 마찬가지로 특수한 중국의 역사적 현실 속에서 자기 나름대로의 길을 걸었다. 그러면서 역사적 계승성, 지리적 환경 그리고 민족적 특수성으로 조선문학의 맥을 그대로 이었다. 이런 의미에서 김창걸의 소설들은 비록 일제의 삼엄한 언론통제로 말미암아 만주국 시기의 민족모순을 제시하고, 일제 통치에 대한 비판을 직접 시도하지는 못했지만, 만주국 사회의 비정과 비리를 폭로하고 억압받는 최하층 인간들의 끈질긴 삶의 저력과 그들의 밝은 미래를 확신하고 있다. 특히 '창씨개명'과 신사 참배까지 강요하면서, 국가동원령을 반포해 무고한 조선인들을 죽음으로 몰아넣고 문인들의 동참을 강요할 때, 단연히 붓을 꺾고 침묵으로 대항한 김창걸의 모습 역시 그 시기 다른 작가들의 추종을 불허하는 독보적인 존재라고 말할 수 있다. 또 이런 의미에서 우리는 김창걸을 일컬어 향토문학의 개척자요, 불굴의 민족정신의 표상이라고 말하게 된다. 뿐만 아니라 일제강점기 한국문학사에 있어서도 일정하게 자리매김하는 의의를 지니고 있다고 말할 수 있다.

제 3 부

심련수 시에 나타난
자연세계와 삶의 조화

1

서 론

沈連洙 시에 대한 연구는 1999년 7월 발굴됨과 동시에 진행되어 왔다. 발굴은 늦게 되었지만 한중 학자들의 본격적인 연구에 의해 상대적으로 활발하게 진행되고 있다. 김용운, 김경훈, 전성호의 중국학자들의 연구와 엄창섭, 임헌영, 이명재 등 한국학자들, 또는 김명순, 고세환, 김해웅 등 학위논문들에 의해 연구자들이 연이어 나오고 있다.[36]

심련수 시인에 대한 연구는 작품이 뒤늦게 발굴된 만큼 같은 시대를 살아온 시인들에 비해 아직 깊고 다양하지 못하다. 대체로 특수한 민족 수난기에 맞은 비극적 시인의 삶에 얽힌 문제들을, 당시 시대적 상황과 시인의 전기적 사실을 기초로 하여 인상적 논의를 진행한 흔적이 짙은 편이다. 그러나 심련수 시에서 나타나는 자연세계에 대한 연구는 깊이 있게 다루지 않았고, 또 삶의 조화에 대해서 여러 면으로 다루었지만

---

36) 김룡운, 「문단에 솟아난 또 하나의 혜성」, 『문학과 예술』, 중국 연변사회과학원, 2001. 김경훈, 「심련수의 시 세계」, 『문학과 예술』, 위와 같음. 이재호, 「민족시인 심련수의 대표 시 해설」, 『소년아 봄은 오려니』, 강원도민일보사, 2001. 이명재, 「심련수의 문학사적 위상」, 『심련수 문학의 위상과 재평가』, 심련수 국제 심포지엄 요지문, 2001. 8. 임헌영, 「심련수의 생애와 문학」 『소년아 봄은 오려니』, 강원도민일보사, 2001. 고세환, 「심련수의 시 연구 — 시의 발전과정과 시 의식 전개를 중심으로」, 관동대학교 교육대학원 석사논문, 2002. 김명순, 「심련수 시의 상상력과 모더니즘 연구」, 관동대학교 교육대학원 석사논문, 2003. 김해웅, 「」정신문화연구원, 박사학위논문, 2003.

심층분석에 있어서 아직 미흡하다.

심련수 시에는 자연세계와 삶의 조화로움이 특징적으로 나타나는데 순수인간으로서 갖게 되는 순수자연과 고향산천의 향수, 인간적 동정 같은 것이 잘 표상화되어 있다. 심련수 시는 그가 인간으로서 지니고 살아 있는 친자연적인 자연융화 및 인간적 동정, 사랑 그리고 지향 등 순수서정이 시대적 상황과 관련되어 시적 바탕을 이룬다. 그의 시에서 이것을 구체적으로 계절순환의 자연적 감성과 고향산천에 대한 그리움, 인간 본연의 순수성 지향과 순박한 농민의식 추구 등으로 나누어 고찰하도록 한다.

沈連洙는 식민지시대 말기를 사는 자신의 인간적 고통을 치유하는 방법으로 자연 시를 많이 창작하였는데, 그것은 자연에 들어가 은둔하는 것이 아니라 자연과 친화하는 것이다. 이는 자연으로 돌아가되 그 속에서 현실에서의 갈등을 정신적으로 치유하였던 문인들이 즐겨 선택하였던 방식이다. 沈連洙 시인은 고통과 갈등을 배격하고 안정된 서정으로 따뜻한 정신적 기후를 조성하고 있다. 고도의 상징이나 난해한 언어, 그리고 식상할 수밖에 없는 언어의 유희보다는, 자연 친화적이고 생태학적인 조화·화해·동화(同化) 등의 정서들이 그 자신의 내면의식에 수용되어 있다.

특히 그는 자연과 생명의 본질에 대한 새로운 관심을 드러냄으로써, 고통의 축제에서 생명의 황홀로의 변주를 시도한 시의 특성을 지속적으로 보여준다. 아래에 필자는 폐쇄된 공간에서 벗어나 다양한 시적 언어로 자연과 인간에 대한 사랑으로 넘치는 순수서정의 세계를 펼치고, 그 속에서 사랑으로 넘치는 공간적 이미지를 형상화한 부분을 찾아보고자 한다. 이 부분에서는 저항의식보다 차원이 높은 인간의 보편적 가치에 눈을 뜨기 시작하였음을 볼 수 있고, 저항적인 요소와 함께 순수서정의 청순한 세계를 지향하는 시인의 또 다른 면모도 찾을 수 있을 것이다.

沈連洙의 시에서 많은 자연적 상징의 원천을 내포하고 있는 <大地의 봄>, <大地의 여름>, <大地의 가을>, <大地의 겨울>, <海蘭江>, <故鄕> 등 작품을 볼 수 있는데 제목에서도 알 수 있듯이 이런 작품들은 그의 시정신을 압축하고 있다고 보아, 이를 중심으로 논술할 것이다. 따라서 그의 시에는 휴머니즘적인 세계인식의 대상으로 인간적 표상을 등장시킨 작품들도 볼 수 있다. <빨래>에 나오는 '엄마', '누나', '오빠', <牧者>의 '목자', '양', <밭머리에 선 男子>의 젊은이, <貴한 그들>의 순박하고도 정직한 농민형상 등이 그것인데 이런 시적 표상들은 시인이 궁극적으로 지향하는 이상화된 시적 대상물들이다. 결국 沈連洙는 그의 섬세한 감각과 정서를 통하여 인간과 자연을 통합시킴으로써 그가 도달하고자 하는 순수이상의 세계를 구축하고자 했다.

아래에 순수서정으로 시인의 내면세계를 구축하고 있는 작품들을 구체적으로 살펴보기로 한다.

순수자연과 고향산천의 향수

시인의 순수서정은 자연을 떠날 수 없다. 그것은 자연이 내재하는 원초적이면서도 순수한 내용물이, 시적인 서정의 순수성을 가장 밀도 있게 구성하는 기본이 되기 때문이다. 다시 말해 자연의 순진무구함은 그것의 우주적인 질서와 함께 영원불변한 생의 진리를 조금의 거짓도 없이 인간들에게 귀띔하고 있기 때문이다. 따라서 시인이 그것을 시화했을 경우, 그 내용물은 가장 순수하고도 진지한 삶의 진리를 대변하게 되는 것이다. 沈連洙는 자연을 세계인식의 대상으로 형상화시킴으로써 그의 시는 상징성을 획득하게 되었고, 비극적인 현실에서 벗어나 의식세계와 시 작품에 예술성을 부여하였다. 그러므로 그의 시에서의 자연은 시적 인식의 소재가 되거나 또는 자아와 세계에 대한 궁극적 관심을 함축하는 상관물로 된다. 그리고 자연은 또한 인간적 사랑과 화해의 정서를 표출하는 상징의 원천이 되기도 한다.

1) 계절순환의 자연적 감성

시인은 자연과 계절에 의하여 한 덩어리가 되어 교류하고 희로애락을 함께 나눈다. 자연에 의해서 춘하추동이 생기고 춘하추동에 의해 계절이 생긴다. 또한 자연은 계절에 의해서 날씨의 변화를 일으킨다. 인

간은 자연을 떠날 수 없듯이 자연 또한 인간에 의해서 개척되고 발전
한다. 뿐만 아니라 인간은 계절에 따라 행동하지만 계절 또한 인간에
의해서 그 의미를 나타낸다. 계절의 의미는 자연의 순차에 의해서 춘하
추동으로 나뉜다. 이런 의미에서 沈連洙의 시는 자연과 계절, 계절과
인간을 통합시키는 친자연적인 성향을 보여준다. 뿐만 아니라 거기에서
인간은 계절에 따라 움직이지만 자연의 노예는 아니고 자연과 공생하
는 것임을 <大地의 봄>, <大地의 여름>, <大地의 가을>, <大地의 겨
울> 등의 시를 통하여 알 수 있다. 제목에서도 보다시피 사계절에 대
한 인간의 의지와 그 행동은 이 점을 잘 말해준다.

  봄, 여름, 가을, 겨울로 1년 사계절은 시작되는데 沈連洙 시의 사계
절도 그 순서를 밟고 있다.

  봄을 잊은듯하던 이 땅에도
  蘇生의 봄이 찾아오고
  綠蔭을 버린듯이 얼엇던江에도
  얼음장 나리는 봄이 왔대요

  눈우에 말은풀 뜻던
  불상한 羊의무리
  새풀먹을 즐건날
  멀지않엇네.
  ─ <大地의 봄> 37)제1연 부분

  봄이 되면 얼었던 땅도 녹고, 잊은 듯하던 이 땅에도 綠蔭을 버린
듯이 蘇生의 봄이 찾아오는 것은 자연의 섭리다. 자연은 이렇게 순리
대로 어김없이 찾아오게 마련이다. 그것은 말 그대로 蘇生의 봄이요,

---

37) 이 시는 <북국의 봄맞이>와 중첩된다. 그런데 <북국의 봄맞이>에 비해 마지막
   한 단락이 더 있다. 그래서 이 시를 분석의 텍스트로 선정했다.

얼음장 녹이는 봄이다. 그것은 자연의 봄이고 생명의 봄이다. 자연을 빌려서 인간에게 생기를 띤 희망의 메시지를 보낸다. 즉 민족의 해방이라는 상징성을 띤 봄이다. 그러니 '눈우의 마른풀 뜯던', '불쌍한 羊의 무리'도, '새풀 먹을 즐거운 날'이 '멀지 않았'다는 것을 안다. 봄은 생명의 파노라마를 연출한다. 사람들도 봄기운에 들떠 있다. '넓은 荒蕪地에다' 사람들은 '蜃氣樓宮을 짓고', '새로 오신 봄님마지'하여 '잔치 노리한다'.

<大地의 봄>은 '땅', '강'의 자연으로부터 '羊의 무리'의 동물, '蜃氣樓宮 짓고', '잔치놀이 하려'는 인간에 이르기까지 모두가 생명을 약동케 하는 '봄님'으로 등장한다. 봄을 맞아 소생하고 약동하기 시작한 만물은 <大地의 여름>에 오면 '生長의 季節 / 茂盛의 時節'에 들어선다.

> 生長의 季節
> 茂盛의 時節
> 즐긴다 반긴다 모든것을
> 마음껏 자라나라 힘껏굵어라
> 네가 할수 있는 정도까지
> 부족없는 자연속에
> 구속과 절제 없이
> 하늘을 찌를 듯이
> 땅이 우물어들도록
> 자라라 굵으라 이 땅의 만상아
> 대지는 네것이다 하늘도 네것이다.
> ― <大地의 여름>제2연 부분

바로 이 계절에 시적 자아는 우주만상에 한없이 아름다운 기대를 한다. 여름은 모든 만물이 생장하는 시기이다. 시인은 여기에서 자연을 빌려 후대들에게 마음껏 자유롭게 자라고 건실하고 튼튼하게 자랄 수

있는 정도까지 자라나라고 호소한다. 그리고 풍부한 자연 속에서 부족
없이 자라고, 구속과 절제 없이 무서움 없이 용감하게 자라라고 한다.
하늘을 찌를 듯이 땅이 꺼져 들어가듯이 자라고 굵으라고 한다. 이렇게
자라다 보면 자연이나 인간은 모두가 성숙기에 들어선다. 인간은 성숙
해지고 자연은 익어가며 굵고서 보아도 배부른 풍요로운 가을, 황금의
가을이 온다. 바로 <大地의 가을>이 온다.

> 淡晴의 하늘아래
> 익어가는 가을原野
> 굵고서보아도 배부를
> 가을의 마음
>   — 중략 —
>
> 석양에 빗어진
> 눌게 붉은 구름 아래
> 잠자리 찾는 갈가마귀떼도
> 떠도는 가을의 소리
>
> 어둠에 싸여지는
> 밭두렁 지름길에
> 새 뿔 나는 소를 끌고
> 애쓰는 가을의 아들
>   — <大地의 가을>제3연 부분

너무도 가을 운치가 한껏 풍기는 풍요로운 계절이다. 가을은 참으로
좋은 것 같다. '끝없이 푸른 하늘에', '가벼이 뜬 조각구름' 날아갈 것
같은 상쾌한 날씨, 더욱 좋은 것은 '굵고서 보아도 배부른' 가을이다.
그러나 가을은 그만큼 바쁜 때이기도 하다. 저녁노을이 붉게 타오르는
구름 아래에서 잠자리가 여기저기 날아다니는 사이에 어느새 어둠이

쌓이고 밭두렁 지름길에는 새 뿔 나는 소를 끌고 애쓰는 가을의 아들이 등장한다. 전형적인 부지런한 농군의 모습이다. 하나의 유화 같은 그림을 상상한다. 그리하여 시적 자아는 마지막 연에서 이렇게 재촉하고 있다. '하늘 곧게 오르는', '아침연기 그 기대에다', '달아 올려라 힘차게', '이 땅의 일꾼 총동원신호를' 한다. 삼라만상이 가을풍취에 흠뻑 젖어 있다. 어느새 <大地의 가을>이 가고 <大地의 겨울>이 온다.

> 눈에 덮인 큰 가슴
> 굵다란 脈搏에 움직이는 모양
> 햇살은 가늘게 찢어졋고
> 바람결은 모질어졋다.
> ― 중략 ―
> 추위에 자라는 이 땅의 아들
> 즐겨 맞노니 思慕의 시즌
> 단련의 겨울이 오고야 말았다.
> ― <大地의 겨울>제4연 부분

자연도 인간도 모두들 살아 있다. 인간은 이 엄혹한 겨울을 그리움의 계절, 단련의 계절로 바꾸고 추위 속에서도 억세게 자라난다. 뿐만 아니라 '벗어라 귀찮은 그 구속의 너울'을, 그리고 '알몸으로 뛰쳐'나와 '정신 나는 삭풍에 머리칼을 날'리며 '몸뚱이를 쏘다니는 뜨거운 피로 얼음과 눈을 녹여'본다. 여기서는 겨울을 오히려 인간생명력 과시의 장으로 촉구하고 있으며 속세의 모든 것을 벗어버리고자 하는 의지가 엿보인다. 뿐만 아니라 광야의 거센 생명과 '얼음의 갑옷 입고 엎드린 대지'를 '뜨거운 피'로 여정의 길을 나서는 여행자의 서정을 노래하고 있다. '설선(雪線)의 뽀얀 찬 기운이 오르고', '약한 광선에 흐르는 저기압', '서북풍에 얼음 꽃이 흩날린다'는 지평선 위에 하얀 눈발이 쌓이면서 뽀얗게 흐름의 기운이 솟아오르는 듯한 설경이 펼쳐진다. 저녁 모색이 짙은 시간에 희미한 광선속으로 저기압의 전기가 흐르는 소리가 들리는 듯하다. 몰아치는 한풍(寒風)에 얼음 꽃이 편편히 날린다. 서정적이면서 절제된 미학성이 엿보인다. 세속을 떠나 자연에 친화하고자 하는 沈連洙의 내면세계가 잘 나타나 있다.

이 외에도 친자연적 계절의 성향이 있다면 <地雪>의 '녹아라 봄눈처럼 / 남김 없는 승화를'에서 눈은 북극지방의 주요 자연물이다. 사계절의 변화에서 보여주는 현상을 인생과정과 긴밀하게 연계하는 것은 당연하다. 눈의 결빙은 고통과 시련의 도래를 상징하고, 봄눈처럼 녹는 눈은 새로운 승화와 세계를 의미한다. 눈은 어제의 겨울추위가 내일 새롭게 승화시킬 따뜻한 계절의 봄으로 인식시킨다.

그런가 하면 <눈보라>의 '칼날보다 날카로운 이발로 / 눈 덮친 땅바닥을 물어뜯는다', '추위를 뿜는 매서운 하늘에 / 조그마한 햇덩이가 얼어넘는다'는 만주의 북풍설한을 더 매서운 추위로 각인시킨다. 당시 상황을 비추어볼 때 시인은 더욱 그 엄동설한을 느꼈을 것이다. 그렇게 추위를 느끼다가도 봄이 온다. <少年아 봄은 오려니>의 '봄은 가까이에 왔다 / 말랐던 풀에 새움이 돋으리니'에서 따스한 만물이 소생하는 계절인 봄을 노래하고 있다. 뒤따라 <여름>의 '어느새 여름은 깊었고 / 모든 것은 무성하고 있다'는 모든 만물의 생장시기인 여름을 끌어올린다. 이처럼 시인은 자연을 규칙적으로 떠올리면서 계절을 작품화하였는데 이것은 당시의 상황에서 시인들이 비극적인 현실에서 도피하는 것이 아니라 거기에서 벗어나고자 하는 하나의 치유책이다.

위의 시들은 그 제목에서도 알 수 있다시피 거창한 자연일반에의 순수서정을 밝은 표정으로 호방하게 읊고 있다. 순수자연계절 대 순수시인의 교감이었다. 암흑한 식민지 현실에 있어서 이것은 한 줄기 빛이다. 사람들에게 생의 용기를 북돋아준다. '잊은 듯하던 이 땅에도', '綠陰을 바린듯이 얼었던 江에도' 찾아오는 '蘇生의 봄', '얼음장 내리는' 봄, '生長의 季節 / 茂盛의 時節' 여름, '익어가는 가을原野 / 굵고서 보아도 배부른' 가을, '즐겨 맞노니 思慕의 시一즌' 겨울, 자연의 순리대로 순화하는 계절이다. 물론 '찌는 듯한 여름날', '올컥이는 地熱 / 따가운 여름볕', '어딘가 싸늘한 맛이 / 흐르고 있'는 가을, '햇살은 가늘게 찢어졌고 / 바람결은 모질어진' 겨울을 못 느낀 것은 아니지만 순수자연에의 긍정적인 시적 자아의 심성을 보여준다.

자연의 순리는 계절의 변화가 암시하는 시련의 의미를 훨씬 긍정적인 측면에서 해득할 수 있게 해준다. 즉 아무리 어려운 상황 속에서도 적절한 대응을 전제로 한 인내를 바탕으로 한다면 희망의 내일은 꼭 돌아오고야 만다는 점을 인간에게 무시로 일깨워준다. 바로 시인은 그 때문에 항상 희망에 넘쳐 있고 미래지향적인 삶의 자세를 잃지 않는다. 이런 의미에서 논자들이 많이 논한 <大地의 봄>의 '눈우의 마른풀 뜯던 / 불쌍한 羊의 무리'로 식민지 현실에서 부대끼는 우리 민족을 상징하고 '새풀 먹을 즐거운 날 / 멀지 않았네'로 광복의 메시지를 띄운다는 해석도 나름대로 일리가 있다.

2) 고향산천에 대한 그리움

위의 시들이 자연계절적인 순수감정을 토로했다면 시적 자아의 고향산천을 노래한 아래 시들에서는 좀더 구체적으로 그런 순수향토감정을 읊조리고 있다. 순수서정의 세계는 자연을 주된 대상으로 나타나는 시인의 서정적 태도와 연관된다. 다시 말하여 자연과 같은 시적 대상물을 앞에 두고 시인이 자신의 복잡한 상황과 심경을 좀더 긍정적인 측면에서 정화하고 고양시키려는 작시(作詩)태도를 드러낸다 하겠다. 이는 주로 '강', '고향' 등의 이미지를 통해 드러난다.

'해란강물 맑아서 봄하늘 비친 곳에 / 흰구름 가고오니 그림인듯하여라'에서 보다시피 <낯익은 품속의 사랑>의 강 — 해란강은 '봄하늘', '흰구름'과 더불어 '그림' 같은 신선경을 창출하는 아름다운 이미지다.

내 잊지못할 하나의 흘음인 너
것츤땅 간도의 품을 흘은 힘찬 動脈
많은입 말은목 추겨주는 生命水
너는 가장 믿엄성있고 든든한 나의동무엿다.

내 어린가슴에 적은염통이 뛰고
朦朧한 理想에 빛이 빛일때
귀에 들린힘찬 소리는
틀림없이 네가 웻친 高喊이엿다.

내 四年동안 날마다 아침저녁
밑창빠진 신을 끌고 龍門橋의 덜판을 밟엇나니
그때마다 너를보고 들고했다.
어쩌면 그리도 내마음을 알어주엇엇니.

안개낀 帽兒山 물소리에 깨는 아츰
落照에 물드린 琵琶岩의 저녁볓에
그비구비 맺어진 苦難이 풀리우고
주린배 띄졸러서 돌아오는 길이엿다.

밤깊은 江邊에 어둠이 흐르고
北斗星 기울어 帽兒에 걸첫을때
싸늘히 굽어보는 下弦의 숨는 琵琶岩에
홀로걸든 이발길이 오늘도 걸노라

가노라 멀리멀리 이발길 가는곤
山을넘고 물을 건너 이마음 맞는데로
海蘭의 주는소리 귀에슴여 간직하고
이몸이 한목숨을 海蘭과 약속하며.
                    ― <海蘭江> 전문

1연에서는 흐르는 강을 의인화하여 힘든 일이나 좋은 일이나 같이
나눌 수 있는 가장 믿음직한 친구처럼 기탁한다. 마찬가지로 2연은 시
인이 유년기부터 함께 성장하면서 보아온 강 흐름의 세찬 소리였다고
볼 수 있다. 3연은 시적 화자가 직접 '四年동안' 날마다 아침저녁으로
이 강에서 친한 친구마냥 마음을 함께 나누었다는 것을 알 수 있다.
여기서 '밑창빠진 신을 끌고'는 그의 생활고를 보여준다. '깨는 아침',
'저녁빛에' 아침저녁으로 4년 동안 이 강에서 '굽이굽이 맺혀진' 마음
과 고민을 풀고 '돌아'오곤 하던 강이었다. 따라서 4연은 시인이 아침
저녁으로 걸어오던 이 강을 '오늘도'를 강조함으로써 이별의 뜻을 암시
한다. 뒤에 나오는 구절 '가노라 멀리멀리 이발길 가는곧 / 山을넘고 물
을 건너 이마음 맞는데로 / 海蘭의 주는소리 귀에슴여 간직하고 / 이몸이
한목숨을 海蘭과 약속하며'는 4년 동안 정든 해란강을 떠나면서 이별
을 약속하는 시인의 석별의 마음과 무한한 정다움을 토로한다.

해란강은 沈連洙가 일본에 유학 가기 전까지 많은 세월을 보냈던
제2고향이라고 할 수 있는 용정의 물줄기다. 해란강에 대한 애착은 沈
連洙가 그만큼 자기 고향의 산수에 대해 사랑했다는 증거가 된다. 같
은 모티브로 고향산수에 대한 시인의 향토자연의식이 <海蘭江>에 스
며 있다면 <追憶의 海蘭江>은 시인이 해란강을 떠난 후의 고향산수에
대한 그리움이 서정적으로 드러나 있다.

　내 잊지 못할 하나의 흐름인 너
　검은땅 간도의 품을 흐르는 生命水야
　너는 永遠이 믿엄성있는 나의동무엿다

　목말러 허덕이든 불상한 옛날
　꾸며진 背囊에 헌옷만이 남엇을 제
　힘차고 늠실늠실한 너를 찾았었다

얼마나 반겻는지 너는 알리라
고갈을 추기고 고로를 싳은것도
이 몸이 이만 됨도 누구의 힘인지 알리라.

六년이란 그동안 잊지못할 一生의 한토막
바람세인 北쪽하늘에 黃塵이 날릴제
눌러쓴 고개를 숙여 龍門橋를 건너다넛다

봄 여름 가을 겨울 흐린날 개인날
말없이 혼자서 다니는때도
마음속엔 언제나 네가 동무하여주엇섯다.
　　　　　　三, 一七
　　　　　— <追憶의 海蘭江> 전문

　이 시는 <海蘭江>을 지은 1년 후에 쓴 작품이다. 즉 1941년이 된다.
1, 2연은 잊지 못할 해란강을 떠난 후, 그리는 절절한 마음을 시에 담
아 표현하였다. 여기에서 고향은 아니라도 유년기부터 성장하여온 곳을
항상 잊지 못하는 시인의 여린 심성을 엿볼 수 있다. 3, 4연은 항상 그
리움에 고갈을 느낀 시적 화자는 해란강을 떠났어도 그 정을 잊지 못
하고 다시 만날 것이라는 기쁨으로 힘든 것도 참고 견디는 극복의지를
말한다. 뿐만 아니라 마지막 연에서 보면 역시 혼자서 아무리 외롭고
쓸쓸해도 정들었던 해란강이 항상 마음속에서 동무해주고 힘이 되어주
었기 때문에 힘든 고독을 참아낸 시인의 마음을 알 수 있다.
　<追憶의 海蘭江>에서 보면 시인이 '해란강'에 대한 그리움과 애수
의 정에 목마르고 그리움에 고갈을 느끼는 여린 마음을 알 수 있는데
이는 시적 화자가 자연에 기탁하여 내심의 고독함과 외로움 쓸쓸함을
극복한 것을 시에서 알 수 있다.38) <追憶의 海蘭江>은 <海蘭江>에

---

38) 김명순은 여기에 대해서 다음과 같이 서술하였다. "강에 대한 이미지는 <해란

대한 추억이 깊게 담겨 있는 작품이다. <海蘭江>이 격정에 넘치는 시어로 시적 화자의 감정을 표출했다면 <追憶의 海蘭江>은 애수에 잠긴 잔잔한 시적 어투로 시적 화자의 마음을 드러냈다. 뿐만 아니라 전기 시가 자유분방하다고 하면 후기 시는 운과 율격에 맞추어 詩作을 했으므로 그 시로서의 예술성이 전기 시보다 훨씬 돋보인다. 즉 시어의 내용이 함축되고 세련되었으며 구조가 세밀하게 짜여 있다. 이런 면에서 본다면 일 년 후의 沈連洙의 시는 훨씬 성숙된 시로 볼 수 있다.

마찬가지 의미로 <故鄕>도 '앞호수'를 시적 대상으로 삼고 있다. 아늑한 '나의 고향' 변함없는 나의 고향의 정경, 여기에서 시적 화자가 이야기하는 고향 앞 호수가 있음으로 하여 그의 고향은 매우 아늑한 정다운 고향이었음을 상상할 수 있다. 어렸을 때 고향을 떠났기 때문에 沈連洙는 어떠한 고향이든지 고향에 대한 그 향수가 더 절절할지도 모른다. '나의 고향 앞호수에…… / 나의 고향 뒤산에…… / 나의 고향 앞가슴에……'가 세 번이나 열거되어 '앞호수', '뒤산에' '앞가슴'과 조화를 이루면서 자연에 대한 향토적인 순수한 감정을 더 도드라지게 표현한다.

이와 같이 <海蘭江>이나 <故鄕>을 비롯한 이런 강들이나 호수에 대한 노래가 향토시인으로서 沈連洙의 순수서정을 잘 보여주었다면, <牧丹江>의 '목단꽃 흘렀다고 강이름 생겼을가 / 목단화 있는 곳을 지

강>(1940. 강덕 7년), <추억의 해란강>(1941. 강덕 8년)처럼 간도 지방에서 항상 추억 속의 '하나의 흐름'으로서 또 '생명수'로서 살아서 흐른다. 그런데 이 두 시는 초기 시이기에 시적 우수성보다는 심련수의 시작의 변화성을 암시해주는 시가 된다. 일 년 차이로 창작된 두 시의 상관성에서, 시인의 시적 변화가 초기 시와 후기 시의 변화성을 예견해준다. 이 시는 문헌 비평에 좋은 자료가 된다. 즉 두 시에서 전자의 4행까지의 시와 후자의 1연의 시 구절이 동일하고, 전자의 9~10행은 후자의 4연과 유사하다. 그중에서 4년과 6년이라는 룡문교 통학 기간이 다를 뿐이다. 그리고 후자의 나머지 부분은 전자의 1연에 모두 포함되는 듯한 유사성이 있다. 전자의 2~3연은 후자의 전체 시를 더욱 확장한 듯하다. 이런 연관성에서 유추할 때, 오히려 전자가 후자보다 창작연도가 더 늦은 것이 아닌지 의심스럽다." 앞의 글, p.45. 그러나 필자는 여기에서 전자가 후자의 전체 시를 확장했다고 하기보다는 후자가 전자에 비해서 더 세련되고 함축적 미가 뛰어나다고 본다.

나서 생겼을가'에서는 목단강을 '향기의 물'이라고 노래하고 있다. <牡丹峰>의 '그 정자밑에 있는 대동강 또한 좋아 / 산은 올려다보고 강은 내려다보더라'에서는 인공과 자연이 어우러지고 산수가 어우러진 속에서 대동강을 노래하고 있다. <鴨綠江>은 첫 연에서 백두산천에서 떠나서 석 달 열흘, 국경의 절벽을 돌아 돌아 2천 리, 서쪽으로 서쪽으로 흐르는 압록강의 자연적 흐름을 보여준다. 두 번째 연에서는 저녁의 압록강을 눈 주어 바라보다, 내려가 그 물에다 마음을 보낼 것으로 압록강에 마음을 기탁하는 다함없는 정다움을 쏟고 있다.

> 단군이 오신 길에 물 흘러 이 강 되니
> 강물이 예쁜 것은 더 말할 것 없어라
> 주몽님 이곳에서 큰일을 하였어라
>
> 강가의 수양버들 실바람에 날려서
> 강산 찾아든 손 갈줄을 모르나니
> 어차피 이 하루도 저물도록 놀아보자
> — <大洞江> 부분

<大洞江> 첫 연에서는 단군, 주몽에 얽힌 옛 전설을 곁들이고, 두 번째 단락에서는 평양의 명물인 수양버들을 곁들이고, 세 번째 단락에서는 대동강에 온몸을 맡기는 것으로, 네 번째 단락에서는 평양에 깃든 전설을 곁들이면서 대동강을 노래하고 있다. 고향산천을 노래한 작품 <松花江>에서도 고향에 대한 그리움이 잘 드러난다.

> 송화강 흘러간다 오호츠끼 넓은 바다
> 만주땅 곱게 흘러 마음껏 흐르소서
> 하얼빈 뱃사공 얼굴 잊지 말고 흐르소서

물결도 곱더이다 물빛도 마음에 들어
마음의 보자기에 그 물을 적셔다가
우리 님 고운 얼굴 씻어나 주고싶다

송화강 너 아니 이 땅의 생명수냐
물 넘겨 벼를 주고 고기 길러 살려주니
이 땅이 살찌리라 길이길이 살찌리라

송화강 물소리는 사랑의 속삭임이오
님하고 배를 띄워 흐름에 따라 갈까
가다가 가시 없는 잔디 기슭에 대어주렴.

                    1940. 5. 20
                   ― <松花江> 전문

　이 시는 시인이 송화강을 매개체로 하여 고향에 대한 다함없는 그리움을 나타내고 있다. 당시 만주는 한민족의 삶의 터전이 되었다. 거기에 흐르는 송화강은 어머니 또는 고향의 상징이 되기에 족하다. 시의 1연에서 시인은 송화강은 모든 만물의 생명수로서 원천이라는 것을 노래한다. 이농민에게 있어서 만주는 신세계로 의식된 인간의 생존권 회복의 마지막 터전인 것이다[39]. 만주에 뿌리를 내린 이농민에게는 생존을 이어가는 것이 큰 문제였다. 그들은 목숨을 내걸고 척박한 땅을 개간하여 水田으로 만들었다. 水田이 제일 필요로 하는 것이 바로 물이다. 하얼빈 유역에 水田을 풀고 사는 이들에게는 송화강이 더없는 생명의 원천으로 되었다. '송화강 너 아니 이 땅의 생명수냐' 바로 여기에 시인은 송화강이 생명수로서의 자랑스러움을 노래하고 있다. 뿐만 아니라 또 '물 넘겨 벼를 주고 고기 길러 살려주니 / 이 땅이 살찌리라 길이길이 살찌리라'고 직설적으로 자연과 농작물로서의 생명수를 자랑

---

39) 오양호, 『韓國文學과 間島』, 문예출판사, 1988. p.37.

한다. 그래서 시인은 송화강에 더없는 정다움을 느낀다.

2연에서 시인은 이 송화강을 '물결도 곱더이다 물빛도 마음에 들어' 하면서 여기서 그 어떤 삶의 뿌리를 내리고 싶은 분위기로 '송화강 물소리는 사랑의 속삭임이오'라고 시인은 사랑의 로맨스 강으로 송화강을 받아들인다. 그리고 시인은 저도 모르게 사랑의 낭만적 환상에 빠진다. '마음의 보자기에 그 물을 적셔다가 / 우리 님 고운 얼굴 씻어나 주고싶다', '님하고 배를 띄워 흐름에 따라 갈까', '우리 님 고운 얼굴 씻어주'려는 물, '흐름에 따라 가'려는 그 '흐름'은 부드럽고 편안한 모성적인 그 자체다. '가다가 가시 없는 잔디 기슭에 대어주렴'은 이런 사랑과 모성에 대한 확인으로 된다. 시인은 <松花江>에서 이런 모성적 이미지와 사랑에 대한 추구를 통해 고향에 대한 절절한 향수를 달랬을 것이다. 이 향수는 결국 '송화강 흘러간다 오호츠끼 넓은 바다 / 만주땅 곱게 흘러 마음껏 흐르소서'로 마음의 축복과 이어지고 있다. 이 시는 첫 절에서 감정을 폭발시키고 그 다음 절부터 미묘한 감정적 흐름을 교차시켜 나가며 향수의 감정을 고양시킨 데 특성이 있다.

沈連洙 시에서 춘하추동 사계절 및 강에 대한 순수서정의 토로는 식민지 현실에서 탈출구로 되며 사람들에게 신선한 느낌을 준다. 강물은 일단 인간 생존의 가장 기초가 되는 생명수와 연계가 된다는 점에서 그것의 끊임없는 흐름과 그 흐름에 대한 노래는 엄혹한 상황하에서도 민족적 삶의 지속과 그 발전에 대한 시인의 순수한 인간적인 희구와 잇닿아 있다고 해야 할 것이다.

위에서 보다시피 자연계절의 순차와 향토자연을 노래한 작품을 살펴보았다. 비록 시인이 자연과 인간이 어우러져가는 자연을 노래하였지만 현실을 떠나서 문학작품을 창작할 수 없듯이 그의 시는 현실을 바탕으로 했음은 자명한 일이다. 그 현실이 바로 얼었던 강에 봄이 찾아오고 머지않아 잃었던 고향을 되찾는 바로 광복의 전야를 시인은 작품화하였던 것이다.

3

삶에 대한 실천적 의지

인간에 대한 커다란 긍정의 정신, 이것이 인간의 근본적인 삶이다. 인간에 대한 커다란 긍정의 정신을 가지려면, 인간에 대한 깊은 애정이 필요하고, 인간에 대한 깊은 애정은 인간에 대한 따뜻한 이해를 전제로 한다. 이해는 애정을 낳고, 또 애정은 이해를 깊게 한다. 사랑에서 인식이 생기고 인식에서 사랑이 생긴다. 대상에 대한 깊은 사랑에서 보다 구체적인 인식이 생기고 그 인식은 또 더욱 진지한 사랑을 만든다.

沈連洙 시에서 문학적 특징 가운데 또 다른 경향이 있다면 할 휴머니즘의 시적 주제의식을 노래하고 있다는 것이다. 그의 문학 밑바탕에 흐르고 있는 사상이나 그 의식구조가 인간 중심적 문제를 고민하고 있을 뿐 아니라, 이성적 존재자로서 자립해야 한다는 민족의 중심성을 실현코자 하는 시적 휴머니티가 돋보인다. 이것은 삶에 대한 실천적인 의지로 구체화된다.

휴머니즘은 인간성의 해방과 옹호를 이상으로 하는 사상 또는 정신적 태도로, 인간성을 구속하고 억압하는 대상이 시대에 따라 달라짐과 동시에 휴머니즘의 내용도 조금씩 변화를 보여왔다. 인간 대 인간의 동정, 사랑은 우리 인간이 살아감에 있어서 한시도 떠날 수 없다. 불행한 자에 대한 동정, 사랑은 더구나 필요하다. 이것이 이른바 휴머니즘이다.[40] 그런데 세계에 대한 시인의 태도가 궁극적으로 세계적 조화를 꿈꾸는 데

있다고 할 때, 휴머니즘이 없는 시는 존재할 수 없게 된다. 沈連洙 시를
보면 거기에는 분명 짙은 휴머니즘의 분위기를 자아내고 있다. 휴머니즘
이 풍속·습관·사상이 자기들과 같은 인간만을 인간다운 인간이라 생
각하고, 그 밖의 인간을 모두 인간의 규범에서 벗어난 존재라고 생각하
는 것이라면 그야말로 독단적인 사고방식이라 하지 않을 수 없다.41)

휴머니즘은 명확한 윤곽을 가진 하나의 사상체계라기보다도 인간 정
신의 기본적인 자세이다. 휴머니즘은 인간에 대한 하나의 근본적인 태
도를 의미한다. 휴머니즘을 이렇게 해석하는 것이 휴머니즘에 대한 정
당하고도 실증적인 해석이라고 하겠다. 어떤 눈으로 인간을 보고 어떤
태도로 인간의 문제를 생각하고, 어떤 심정으로 인간을 다루고, 또 어
떤 이념과 방향으로 인간의 생과 역사를 이끌고 나아갈 것인가? 이러
한 인간의 근본 문제에 대한 하나의 기본적인 정신적 자세와 태도가
곧 휴머니즘을 구성하는 기본적인 내용이다.42)

1) 인간 본연의 순수성 지향

沈連洙 시에서 순수 인간성은 각박한 현실적 상황과 관념에 예술성
을 부여한다. 그러므로 그의 시에서의 순수 인간성은 영원불멸의 존재
로서, 시적 인식의 소재가 되어주거나 자아와 세계에 대한 궁극적 관심
을 함축하는 상관물로 된다.

<신계사(神溪寺)>의 '중이 안해있고 아들도 있는 이때 / 소고기, 도미,
삼치, 중반찬 되었거늘 / 나 혼자 채식(菜食)하면서 신계사 지켜려오'처럼
세상이 아무리 혼탁하게 변해도 나 혼자만은 먹은 바 심지를 굽히지 않

---

40) 務臺理作, 『현대의 휴머니즘』, 풀빛편집부 옮김, 1982. pp.19−58.
41) 위의 글, pp.125−157.
42) 오세영, 「한국 현대문학과 휴머니즘」, 『휴머니즘 연구』, 서울대학교출판사, 1988.
   pp.1−43.

고 正道를 향해 나아가는 '潔身自好'식의 인격적 지조를 보여주고 있다.

> 빨래를 生命으로 아는
> 조선의 엄마 누나야
> 아들 오빠 땀젖은 옷
> 깨끗하게 빨어 주소
> 그들의 마음 가운데
> 不義의 때가 묻거든
> 私情 없는 빨래 방망이로
> 두다려 싫어 주소서!
> ― <빨래> 전문

위의 시는 소박하고 정갈한 정이 배어 있는 작품이다. 백의민족의 깨끗함을 최대의 미덕과 생명으로 삼아온 '조선의 엄마 누나'에 기탁하여 한 점 부끄럼 없이 살려는 시인의 생활지조를 잘 나타내고 있다. '아들 오빠 땀젖은 옷 / 깨끗하게 빨어 주소'는 옷에 묻은 땀 젖은 옷을 깨끗하게 빨아줄 뿐만 아니라, '그들의 마음 가운데'의 '不義의 때가 묻거던' 그것도 '私情없는 빨래방망이' 씻어달라고 호소한다. 이것은 '不義'에 에누리 없음을 잘 나타내면서 또 사랑의 매로 私情없이 때림으로써 티끌 없이 살아가고 있는 우리 민족의 풍습을 빌려서 한 점 부끄럼 없이 살려는 지조를 표현하고 있다. 배달겨레의 민족적 정서와 전통적인 풍습을 되살려 감동을 더한다. 뿐만 아니라 조상들의 전통적인 세탁풍습인 방망이를 등장시켜 백의민족의 얼과 민족정신을 나타냈다. 다소 솔직하고 담백한 언어로 직설적으로 표현한 이 시는 구조적인 면에서 엄마, 누나와 아들과 오빠를 비교대상으로 설정하여 아들과 오빠에게 늘 힘을 주며 각성을 일깨워주는 우리 민족의 미덕을 엿볼 수 있다.

이국에 살면서도 오래도록 잊지 않고 겨레의 풍습을 지켜오며 군더더기 없이 '조선의 엄마 누나야', '두다려   어 주소서'라고 소망하는 목소리에는 더없이 깨끗하고 아름다운 그러한 모습에 대한 아낌없는 찬미와 함께 지극히 순결한 민족 특유의 삶의 방식에 대한 자부심을 드러내기도 한다. 물론 삶의 순수성에 대한 노래는 그 시적 대상이 '엄마'와 '누나'라고 하는 부드럽고도 따뜻하고, 순수하면서도 위대한 모성적인 존재로 되어 있어 나름대로의 특유한 인간적인 미의 세계를 창출하고 있다고 해야 할 것이다. 즉, 여성과 모성에 대한 찬미가 인간의 가장 원초적이면서도 궁극적인 삶의 과정과 잇닿아 있다는 점을 되새길 때, 위의 작품에 등장하는 '엄마'와 '누나'는 호칭이 뜻하는 단순한 존재가 아니라 인간의 가장 아름다운 모습을 대표하는 시적 대상 다름이 아니다. 또한 이들 '엄마'와 '누나'의 빨래하는 모습과 그에 대한 시인의 노래는 동시에 우리 민족의 삶에 대한 태도와 지조를 나타내고 있으며 그러한 순수하고 진지한 자세는 또 진실에 대한 특유의 추구를 보여주는 것이기도 하다.

이러한 진실은 생명과도 같은 것이다. 하지만 당시 식민지 현실의 여러 가지 복잡한 상황 속에서 그 개인의 삶의 안위를 위해 살아가는 허위적인 인간들도 있었다. 이에 대해서 시인은 허위와 거짓을 버리고 진실을 위해 살아가도록 촉구한다. <맨발(2)> 제목이 시사하다시피 거짓과 허위를 벗어던질 것을 촉구하는 시인의 강한 의지가 내포되어 있다. 그것을 벗어던진 상태를 시적 자아는 '오-내게로 돌아온 자연' 그 어디에도 얽매이지 않은 자유로움으로 노래하고 있다. '거짓없는 감촉이 감사'하다는 것은 이것을 한 번 더 확인해주고 있다.

> 가장을 벗어던진 통쾌
> 오-내게로 돌아온 자연
> 그 무엇에 억매우랴
> 거짓없는 감촉이 감사하다
>   — (맨발2) 제1연 부분

이것은 인간 본연의 순수한 심성의 추구이기도 하다. 바로 이런 인격을 추구하기에 <거리에서>의 '출렁거리는 인파에 밀려 / 생의 활극인 막을 열면서', '울 때는 웃고 웃을 때는 우는 / 극속에 극을 연출하고 있'는 허위적인 삶을 '누구나 될 수 있는 배우 / 누구나 볼 수 있는 관중'으로 풍자하고 있다. 인간이 인간다운 경우는 인간이 인간으로서 존재하는 경우이며 오직 그 경우만이 인간이 인간으로서 존재함을 의미한다.43) 인간다운 존재라는 것은 자기의 삶에 충실하고 떳떳하게 살아가는 인간의 삶을 말한다. 沈連洙는 그런 시대적 상황에서도 문인으로서의 오점 하나 없이 지조를 지키며 비굴하게 살아가는 자에 대하여 경멸한다. 그의 이런 의식은 작품 속에도 확연히 드러난다. 그리하여 <固執>에서는 직설적으로 떳떳한 인간적 삶을 토로한다. 작품 <固執>을 보면 그 내면세계를 더 잘 알 수 있다.

固執을 써라 끝까지
털끌만한 너그럼을 베루지말고
타고난 엇장을 굽ㅎ이지 말라
벽을 문이라며는 미련쟁이라
팟으로 메줄쑨다고 우기고
그장으로 食性을 고처보게
소곰이 쉬여 곰파구피고
사탕이 썩어서 냄새난다면
그건고집없는 탓이지
뻗치다 부러진건 痛快해도
늿기다 꺽긴 꼴은 싫도록 밉더라
— <固執> 전문

<固執>이 시사하듯 여기서는 우직스러울 정도로 '써라', '우기고',

43) 여종현, 『현상학과 휴머니즘』, 철학과 현실사, 2001. p.33.

'뻗치'라고 주장하고 있다. 그것은 '뻗치다 부러진건 痛快해도/ 기다 꺾긴 꼴은 싫도록 밉'기 때문이다. 당당한 삶의 자세를 촉구하고 있다. 여기서는 지조뿐만 아니라, 또한 끓어오르는 반일감정과 저항의식도 보이지만 폭력적인 행동으로 나가지 않고 그것을 내면으로 가라앉히면서 순수와 정의, 진리를 주장하는 시정신과 시 의미로 담백하게 단편적으로 처리하고 있다.

위에서 沈連洙의 인간적인 품성은 오점 하나 없는 깔끔함, 거짓과 허위를 모르고 진실 하나로 자유롭게 살며 불의에 굴하지 않고 어려움을 극복하고 당당한 삶을 추구하는 그런 고귀하고 도도함 그 자세를 살펴보았다. 그의 의식에는 또 순결과 정의, 진리를 추구하는 사상이 자리를 잡고 있었다. 여기서 그의 의식이 잘 표현되고 있는 일기에는 "아침경에 <무정>을 다 보았다. 참으로 격정탄상할 만한 글이다. 사람은 정으로 살아야 한다. 때에 순응하면서 불의의 길을 걷는 것은 비겁한 자요, 약자다. 의지가 굳센자가 강자요 불의와 싸우는 자가 강자다. 정의만 갖는다면 무서운 것이 없다. 정의는 너를 강하게 할 것이다. 정의는 너를 승리하게 할 것이다. 정의는 최종적으로 너를 살릴 것이다." 라는 부분이 나온다. 우리가 동시대를 살았던 윤동주의 고결한 삶의 자세를 대변한 <서시>와 함께 생각할 때 어려운 시대 속에서도 자기의 지조를 끝까지 굽히지 않았던 선인들의 삶의 자세는 오늘날에도 많은 교훈을 준다고 하지 않을 수 없다.

　　順한 무리 잇끄는
　　어진 그대여
　　맑은물 연한풀밭이
　　얼마나 반갑던가요.
　　가는비 지내는 강가 언덕에
　　多情한 저녁빛에 그려진 무지개는

얼마나 그를 위로하던가.
칠줄몰으는 그 손에 사랑의 채죽
怒를 잊은 그마음에 慈愛의情
不平없는 무리에 스승이외다.
노을에 물드린 저녁길에
어린羊을 안고오는 늙은牧者 얼골엔
平和의 微笑가 흐르더이다
　　　　　　　— <牧者> 전문

<牧者>는 시인이 추구하는 휴머니즘적 시 세계를 잘 보여주는 작품
이다. 현실의 비인간적 가치와 질서를 부정하는 가운데 참된 사람의 가
치를 사실적으로 보여주고 있다.

여기서는 늙은 목자와 어린양의 무리가 등장한다. 시인의 의도적인
배경 선택에 따라 점차 전면에 나온다. 먼저 분명치 않은 지칭 '順한
무리'와 '영도자'를 감싸는 분위기 '반갑던가요'가 추상적인 의미를 띠
고 나타나며, 다음 좀더 구체적인 의미들 '무지개', '사랑의 채죽', '慈
愛의 情'이 그러한 시적 대상의 정체성을 분명히 해주며 이들을 아우
르는 총체적인 의미가 '平和'의 중심으로 완전히 분명해진다. 사실 '順
한 무리 잇끄는 / 어진 그대여' 늙은 목자는 예수 그리스도를 방불케 한
다. 그는 '칠줄몰으는 그 손에 / 사랑의 채죽 / 怒를 잊은 그 마음에 / 慈
愛의情'으로 '順한 무리'를 끌며 그 얼굴에 '平和의 미소가 흐른'다.
작품은 죽으면서도 눈물만 흘리고 반항을 하지 않는 순한 양을 배경으
로 평화의 상징인 늙은 목자를 등장시킴으로써 평화의 극치를 자아내
는 한 폭의 풍경화를 방불케 하고 있다. '저녁빛'마저 다정한 그 화폭
속에 한 마리의 양을 안은 늙은 목자는 어쩌면 沈連洙가 그토록 바라
던 백의민족의 구세주였는지도 모른다. 시에서는 늙은 목자를 중심으로
인간과 동물, 인간과 자연의 합일의 극치를 보여줌으로써 시인의 내면
적인 성격, 즉 다른 사람을 해치지 않고 순하고 착한 사람으로서의 면

모를 보여준다. 그러나 그의 이러한 순수한 성격으로는 식민지 통치의 암울한 현실을 도저히 받아들일 수 없었다. 시적 화자는 어두운 현실을 간접적으로 비판하고 보다 좋은 내일을 간절히 기원하고 있다.

2) 순박한 농민의식 추구

1930년대부터 1940년대에 이르기까지 일제 치하에서 문학활동을 한 한반도 문인 속에는 80% 이상이 농민과 농촌문제를 과제로 삼아 작품 활동을 한 작가들이다[44]. 이 시기의 농민문학은 시기적으로 '친일문학 으로서의 굴욕적인 변신'을 감내했던 까닭으로 농민 시다운 농민 시는 없었던 것으로 보인다.[45]

우리는 시 작품에서 시적 자아가 농민으로 나타나는 몇 가지 유형을 볼 수 있다. 첫째는 진짜 농민이 진실한 농민의식을 가지고 자신의 삶 을 형상화한 시를 쓴다. 이런 시들은 <농민이 쓴 농민 시>이다. 이런 시들은 그 당시 찾기 어려웠던 현실이었다. 이 시기에 대부분의 귀농 시 또는 생산문학으로서의 농민 시들이 허구적 전망을 내세워 체제 옹 호적인 경향을 보이고 있었다. 다음은 <농민을 쓴 농민 시>인데 이것 은 전문적 시인이 투철한 농민의식을 가지고 농민의 삶을 형상화한 시 를 말한다. 이런 부류의 시적 자아는 농민이 아니다. 이런 시들은 <농 민이 쓴 농민 시>보다 삶의 치열성, 절실성이 뒤떨어질 수 있다. 하지 만 전문시인이 쓴 시적 자아가 농민인 시는 일제하 농민 시의 가장 큰 주류를 이룬 대부분의 비판적 리얼리즘의 시나 저항 시들을 포괄하게 됨으로써 가장 주목되는 유형이라고 할 수 있다.[46]

---

44) 전성호, 「심련수문학정신고」, 『한국학연구』 6월호, 중국 연변과학기술대학 한국 학연구소편, 2001. p.12.
45) 서범석, 『한국농민시연구』, 고려원, 1991. p.174.
46) 위의 글, p.239.

沈連洙 시의 경우를 보면 후자에 속한다고 할 수 있다. 그는 학생신분 혹은 교사의 신분으로 시작을 했지만 어려서부터 농촌에서 살아왔기 때문에 농민출신과 다름이 없었다. 전성호는 「심련수문학정신고」에서 沈連洙의 귀농사상을 '그저 맹목적인 귀농이다'[47]고 하였으나 너무 소극적인 해석인 것 같다. 沈連洙 작품은 농촌에서 유리된 유민이나 이민의 삶을 부각했기 때문에 오히려 민족적 현실에 대한 정직성을 발견할 수 있을 뿐만 아니라 시적 자아의 거리가 가깝고 체험적 사실에 바탕을 둔 작품이므로 생생한 리얼리즘 시로서의 가치를 가지고 있다[48]는 것이 그의 농민문학에 있어서 또 하나의 특징이다.

沈連洙의 이런 민족적 정직성은 1차적으로 어릴 때부터 농촌에서 살아온 체험이므로 자연스럽게 흘러나온 생활감정의 발로라고 할 수 있겠다. 그는 '농사는 천하지대본'이고 농민들에게는 도시 시민들보다 가식이 없고 미덕과 순박한 성격이 있음을 강조했다. 그의 시 작품에서 농토거나, 농민과 관련된 시들은 대부분 일상적인 생활 시나 비판적 리얼리즘의 형식으로 나타나는데, 그 시들로는 <大地의 봄>, <大地의 모색>, <貴한 그들>, <大地의 가을>, <들길>, <牧者>, <故鄕>, <정오>, <땀> 등을 꼽을 수 있다. 필자는 일단 이것을 務農의식으로 개괄해본다.

    이 땅에 貴한이
    몇몇이든가?
    묻노니 이내마음 찾노니그들
    세비로 洋옷에 당나귀발통 신고
    일避難處찾는 거리의 멋쟁이보다
    赤銅色억센 몸에 호미메고 허리쉬는

---

47) 엄창섭, 「심련수의 의식에 관한 고찰—고향회귀와 귀농의식을 중심으로」에서 沈連洙의 귀농사상에 대한 한계점을 말하고 맹목적인 귀농의식이라고 지적했다. 민족시인 심련수 선양한·중 학술대회, 2002.
48) 위의 글.

農村의 젊은이가 얼마나 貴하드냐
뾰족구두 色洋裝에
몸가축한거리의 날뛰기 아가씨보다
툭툭한 무명옷에 고무신 신은
물길는村아가씨가 얼마나 貴하드냐
몸가짐 미욱타 흠보지 말고
거듬이 성기다고 깔보지 말라
수수한 그들속엔
아름다운 참마음 빛나고있어
겉貴한 그들이 속마저 貴할세라
　　　　　　　　　— <貴한 그들> 전문

　여기서 '이 땅에 貴한이 / 몇몇이든가?'는 넓은 이 땅에 '貴'한이 몇
이나 되냐는 뜻이다. 여기서 '貴'는 순박하고도 정직한 농민을 가리킨
다. 그런 농민들이 얼마나 되는가라는 물음이다. '묻노니 이내마음 찾
노니그들' 시적 화자는 '내'가 주체가 되어 시적 대상인 '貴'한 이들을
찾고 있다. '내'가 찾는 것은 '세비로 洋옷에 당나귀발통 신고', '일避
難處찾는 거리의 멋쟁이보다'는 '赤銅色억센 몸에 호미메고 허리쉬는',
'農村의 젊은이'고 '뾰족구두 色洋裝에 / 몸가축한거리의 날뛰기 아가씨
보다'는 '툭툭한 무명옷에 고무신 신은 / 물길는村아가씨'였다. 그들은
비록 '몸가짐이 성기'지만 '수수한 그들', 마음속은 '아름다운 참마음
빛나고 있다'. 그들은 겉만 '貴'한 것이 아니라 속마저 '貴'하다. 시적
화자는 바로 이런 '貴한 그들'을 찾고 있다.
　이 시는 보다시피 비판적 리얼리즘의 방식으로 '赤銅色억센 몸에 호
미메고 허리쉬는 / 農村의 젊은이' 대 '세비로 洋옷에 당나귀발통 신고 / 고
리를 흔들거리는 멋쟁이', '툭툭한 무명옷에 고무신 신은 / 물길는村아가
씨' 대 '뾰족구두 色洋裝에 / 몸가축한거리의 날뛰기 아가씨'를 대비하
고 앞에 가치비중을 두면서 '수수한 그들속엔 / 아름다운 참마음 빛나고

있어 / 겉貴한 그들이 속마저 貴할세라'로 결론 내리고 있다. 여기서 작가는 사실주의 방식으로 당시 서양풍에 물들고 도시 일변도로 흘러가는 시대적 풍조를 비판하였는데 그것은 다음 구절에서 강하게 나타나고 있다. '세비로 洋옷에 당나귀발통 신고 / 일避難處 찾는 거리의 멋쟁이보다', '뾰족구두 色洋裝에 / 몸가축한거리의 날뛰기 아가씨'는 한 보기가 된다. 뿐만 아니라 시인은 반대로 그 나름대로의 소박한 인간적 가치관도 갖고 있다. '赤銅色억센 몸에 호미메고 허리쉬는 / 農村의 젊은이', '툭툭한 무명옷에 고무신 신은 / 물길는村아가씨', '수수한 그들속엔 / 아름다운 참마음 빛나고 있어 / 겉貴한 그들이 속마저 貴할세라'는 전형적인 농촌의 순수한 마음, 귀한 마음, 아름다운 마음을 시사하고 있다. 시인의 정직한 내면세계를 알 수 있는 또 다른 하나의 측면이다.

다음은 농경생활과 관련된 농민들의 일상적 삶을 담은 농민 시들을 살펴보기로 하자. 이런 시들은 전원 속에서 순박하게 흙과 함께 살아가는 농민들의 평상적 모습이나 그들의 희비애환, 농촌의 풍속이나 정경, 농사일의 기쁨이나 풍년에 대한 기원 등의 전통적이며 보편적인 감정이나 정서 등을 담고 있는 일상적 농경생활 시[49]라고 볼 수 있는 것들이다. 이런 내용들을 잘 표현하고 있는 시는 <밭머리에 선 男子>인데 여기서 직접 일하는 건실한 젊은 농사군의 모습이 등장하고 있다.

손에는 호미
그의 몸에는 땀이 함박 흐른다
平和의 銅像같꼬 仁王이 선것같은
× ×
20億餘의 목숨을 쥐인 그를
어찌 힘이 없다하며 無知타하랴
그는 邪惡을 버리고 欺瞞을 던젓다

---

49) 서범석, 앞의 책, p.222.

오직 그의 눈앞에는 조, 벼, 콩만이 뵈일뿐.
　　　　　　　　― <밭머리에 선 男子> 전문

첫 연에서는 20세기 젊은이를 아주 튼튼하고 건실한 20세의 젊은 대
표적인 실농군으로 묘사한 것이다. 특히 시인은 여기서 농민의 근면성
과 순박성에 대해 높이 찬양하였는데 그것을 '平和의 銅像같꼬 仁王이
선 것' 같을 정도로 실농군의 모습을 높이 찬미하였다. 즉 농부를 평화
롭고 풍족한 밝은 세계를 이끌고 가는 어진 왕에 묘사하여 높이 부각
시켰다. 표면상으로 1연은 밝고 평화스러운 시다. 그러나 다음 연에 내
려와서 그 이면의 세계는 거짓과 사악으로 살아가는 부정적인 현실을
비판하고 오직 정직한 삶을 살아가는 <밭머리에 선 男子>의 삶을 표
현함으로써 시적 긴장미를 띠고 있다.

　다음 연은 '20億餘의 목숨을 쥐인 그를 / 어찌 힘이 없다하며 無知타
하랴 / 그는 邪惡을 버리고 欺瞞을 던졌다 / 오직 그의 눈앞에는 조, 벼,
콩만이 뵈일뿐' 여기서 시인은 농부를 '20億餘의 목숨을 쥐인 그'라고
높이 시사하면서 그를 '어찌 힘이 없다하며 무지'하다고만 볼 수 있겠
는가. 그는 '邪惡을 버리고 欺瞞'을 버린 '오직 눈에는 조, 벼, 콩'만
보이는 정직하고도 순박한 농촌 젊은이라고 부각하였다. 이와 같은 내
용으로는 또 <大地의 가을>에서도 표현된다. 즉 '夕陽에 빛어진 / 눌게
붉은 구름아래', '어둠에 싸여지는', '밭두렁 지름길에', '새뿔나는 소를
끌고', '애쓰는 가을의 아들'은 전형적인 아름다운 농촌 풍경 위에 보
람찬 하루의 일을 끝내고 소와 함께 돌아오는 근면하고도 부지런한 전
형적인 농사꾼의 모습이다. 뿐만 아니라 <땀> 역시 같은 이미지로 볼
수 있다.

이마에서 쪼르르 흘러내리는
뜨거운 땀방울은

그 얼마나 귀중한 소산이냐

땀은 충실한 노력을 상징한다
용감한 투지를 표현한다
땀!땀! 얼마나 믿음성 있는 액체냐

부지런하고 성실하고 튼튼한 일군은
땀을 소중히 여기면서도 아끼지 않는다
그들은 그것으로 고생하면서도
낙으로 여긴다

위싱턴의 땀이 미시시피강이 되고
나뽈레옹의 땀이 로수하가 되었다
보라! 어찌 땀을 허비하랴
과학자의 땀은 문명의 윤활유가 되고
영웅의 땀은 혁신의 연료가 되었다

자, 그러면 우리들의 땀은
무엇에 쓸고
                1940. 7. 25
                — <땀> 전문

위의 작품은 농군의 辛苦에 대하여 여러 가지 의미를 부여하고 있다. 즉, 농민 특유의 순박함과 믿음에서 출발하여 워싱턴과 같은 역사적인 인물을 떠올리고, 과학자와 문명까지 연장해 상상의 폭을 넓히고 있다. 농민의 신고가 이들 위인들에 못지않은 의미를 갖고 있다는 것이다.

이러한 의미 부여는 대체로 구성상 두 개 부분에 나뉘어 실행되고 있다. 첫 번째 부분은 작품의 1, 2, 3연으로, 농군의 신고를 땀으로 집약해 노래하고 있다. 그런데 이 <땀>은 '이마' 표면에서 '쪼르르 흘러

내리'다가 '이마' 속에 내재한 '투지'와 '믿음'을 나타내고 나아가 그 <땀>의 주인 된 자의 '고생'과 '낙'이라는 대립 통일의 의미를 구현하는 것으로 되어 있다. 즉 구체적인 대상을 상대로 표면에서 내면에로, 구체적인 데서 추상적인 데로 의미 확장을 하고 있는 것이다.

두 번째 부분은 작품의 4, 5연으로, <땀>의 '역사적인' 의미를 언급하고 현실적인 가치가 무엇인지를 수사적으로 질문하고 있다. '자, 그러면 우리들의 땀은 / 무엇에 쓸고' 그런데 이러한 질문은 <땀>의 주인공이 젊은 세대라는 점에서 시사하는 바가 크다. 즉, 시대의 변화를 이끌고, 발전을 도모하는 데 주체가 되어야 할 젊은 세대를 <땀>의 주인공으로 설정함으로써 보다 명랑하고 밝은 희망적 메시지를 독자에게 전달한다. 이는 식민지 상황에서 더욱 의미의 폭을 크게 한다. <땀>의 주인공이 농군으로 되어 있는 것은 가장 순수하고 진지한 땅의 주인은 농부라는 사실이다. 결국 농경을 기본적인 사회구조로 하고 있던 당시 사회에서 한결 값진 시적 발상이라 하지 않을 수 없으며, 시인의 務農주의의 관점을 더욱 분명히 한다 하겠다.

우리가 앞에서 살펴보았던 <牧者>를 되새기면, 그러한 정직하고 순박한 농촌의 젊은이는 여러 면에서 '목자'보다 결여된 부분이 없는 이상적인 존재가 아닐 수 없다. 즉, 沈連洙가 노래하는 <밭머리에 선 男子>는 어쩌면 어두운 식민지를 배경으로 했을망정 희망으로 가득 찬 찬란한 내일을 꿈꾸고, 그에 확신하는 긍정적인 인생관의 소유자로 그 시기의 퇴폐적이고 감상적이었던 사회 일반의 풍조와는 뚜렷하게 대조된다 하겠다.

沈連洙에게 있어서 이런 務農의식은 1차적으로 어릴 때부터 농촌생활에서 자연스럽게 흘러나온 생활감정인 것이다. 그는 '농사는 천하지대본'이고 농민들에게는 도시 시민들보다 가식이 없고 덕이 있음을 강조했다. 이로부터 그는 고향과 농촌을 사랑하고 농민을 사랑하였으며, 땅에 대하여 커다란 애착을 느꼈다. 그는 중학교를 다니면서도 농번기

가 되면 집에 가서 부모를 도와 농업노동에 종사하였다. 그의 의식 가
운데는 늘 농촌에 대한 애착과 과학적으로 농사를 지어야 한다는 의식
이 자리를 잡고 있었다. 때문에 그는 농사를 짓는 동생을 보고서도 농
사만 짓지 말고 틈이 있으면 공부도 하면서 일하라고 타일렀다 한다.

"우리는 농부다. 너희들은 공부를 하여도 앞으로 농부가 되어라. 그까
짓 값싼 취직은 아예 바라지도 말아라. 남들이 공부를 하고서도 농사질을
한다면 비웃더라도 절대 상관말아라. 나는 절대 그런 사람을 사랑하지 않
는다. 너희들도 이제 중학, 혹시 대학까지 마친대도 별 것을 생각지 말고
교문에서 나오는 길로 이 농촌, 우리가 살고 있는 이런 촌으로 나와서 네
손으로 보탑을 쥐고 소궁둥이를 두드려라. ……나도 몇해후에는 농촌으로
돌아오겠다. 그리하여 베잠뱅이를 입고 호미와 낫을 들기로 작심하였다."50)

이는 비록 단편소설 <농향>에서 나오는 대목이지만 주인공의 입장을
빌린 작가 자신의 내심발로였으며 그는 늘 이렇게 말하고 이렇게 생각
했는데 이것은 沈連洙 자신이 務農주의 사상을 잘 나타내고 있다는
것을 볼 수 있다. 뿐만 아니라 그는 '만일 소가 성에 차지 않으면 뜨락
또르로도 할 수 있다. 땅이야 모자라겠니. 언제든 그 넓은 기름진 땅을
개간할 때가 있을 것이다'라는 무농의식을 드러내면서 과학영농으로 농
사를 지을 농촌의 미래를 내다보기도 하였다.

낮이면 괭이호미
대지와 싸우는 그대들
밤이면 책을 끼고
배움에 불타는 젊은이
눈날리던 황무지에
돋아나올 새싹이

---

50) 『전집』, p.343.

앞날의 성공과 승리를
노리면 움튼다.
　　　　　— 부분51)

이 시는 沈連洙가 중학교 재학 중 겨울방학을 이용하여 북만 각지를 답사하면서 그 느낌을 적은 시였다. 그는 이 시에서 낮에는 고된 일을 하고도 밤이면 배우겠다는 열성으로 야학을 다니는 농촌의 청소년들을 열정적으로 찬양하였다. '낮이면 팽이호미 / 대지와 싸우는 그대들'은 농촌의 젊은이들이 잘살기 위하여 낮이면 밭에서 억척스레 일하는 모습을 말하고, '밤이면 책을 끼고 / 배움에 불타는 젊은이'는 배움의 열정에 불타는 젊은이들이 앞으로 과학적으로 농사를 짓기 위해 피곤을 이겨가며 지식을 쌓는 그들의 모습을 말한다. 그리고 '눈날리던 황무지에 / 돋아나올 새싹이'는 눈 날리던 황무지는 일자무식이던 농촌의 젊은이들이 배움을 통해서 앞으로 '돋아나올 새싹', 즉 희망을 말한다. '앞날의 성공과 승리를 / 노리면 움튼다'는 앞날의 성공과 승리를 위하여 배움의 길을 닦는 새싹을 말하는데 여기서는 앞으로 배양될 인재들을 가리킨다.

沈連洙는 과학적으로 농사지어야 된다는 것을 다른 사람보다 빨리 터득한 사람이다. 때문에 그는 학생들한테 지식을 전수하고 배움에 있어서 게으르지 말며 시간이 있으면 공부해야 한다고 하였다. 그의 이런 務農의식은 어려서부터 부모들과 함께 농사를 지으며 쌓아온 체험이다. 沈連洙의 수필 <농가>에는 이런 내용이 씌어 있다.

　　"내가 나서 이때까지 농사말고 다른걸 하는 것은 못보았습니다. 우리 집은 여러곳으로 이사하여 다녔지만 한해도 밭갈이하지 않은 해는 없었습니다. 가는 곳마다 밭과 논을 얻어서 소출이야 많건 적건 갈고 심고 거두고 두드리고 하였습니다. 아마 우리 할아버지나 아버지가 배운 기술이

---

51) 위의 책, p.356. 이 시는 시 작품 속에 있는 것이 아니라 수필 속에서 찾은 것이다.

그것뿐인 것 같고 나도 그것만 배웠습니다. 똑같은 할아버지기술과 아버지솜씨를 유전적으로 또한 모방적으로 가지고 배우고 한 한 낱 땅파먹는 농군입니다. 나에게는 고마운 것이 많아요. 우선 땅, 해, 물, 바람, 온갖 가축들 등 자연이 준것과 가대기, 호미, 수레 등 인공으로 만든 우리 농사에 쓰는 기계……이루 렬거할 수 없이 많은 것은 모두가 고마운 나의 스승이며 선배요 벗이였습니다. 물론 앞날에도 다름없을 것입니다. 나는 어려서부터 아버지를 따라 밭머리며 논두렁이를 발바닥이 닳도록 걷고 걸었습니다. 그저 놀러 다니려고 걸은 것은 아닙니다. 일하는이의 손자요 아들인 까닭에 일을 하고야 먹고산다는 것이 깊이 머리속에 새겨진것이였습니다. 나서 안 것이 아니요 그러한 생각이 속에 났으니 유전적인 것 같습니다."[52]

바로 이런 체험을 바탕으로 하였기에 沈連洙의 작품에는 농촌에 대한 애착과 농민에 대한 찬미가 자연스럽게 스며 있다. 그의 務農의식은 그 어떤 시대적 흐름에 편승하거나 맹목적인 것도 아니다. 그것은 일종 자연회귀사상을 바탕에 깔고 있다.

---

52) 『전집』, p.350.

4

결 론

심련수 시에서 자연세계와 삶의 조화로움을 살펴보았는데, 그가 인간으로서 지니고 있는 순수자연과 고향산수의 향수와 삶에 대한 실천적 의지를 담아냈다. 여기에서 계절순환과 자연적 감성 및 고향에 대한 그리움 등과 인간 본연의 순수성 지향 및 순박한 농민의식 추구 등이 시대적 상황과 관련되어 시 세계를 이루었다.

중국조선족문학은 중국문학이면서 한민족 문학의 일부분이다. 윤동주, 심련수를 비롯한 저항시인들의 새로운 발견과 그 시사적 위치에 대한 깊이 있는 천척은, 1945년 이전까지 월경민족으로서의 중국조선족이 간도에서 한반도의 한민족혈통을 이어가고 일제를 반대하는 투쟁에서 운명을 같이하며, 문학적으로 한민족문학의 전통을 살린 새로운 중국조선족문학을 이룩한 한 보기가 되겠다.

윤동주와 현재 발견된 심련수 같은 국문문학 창작이 꿋꿋하게 이어져 내려와 당시 용정을 중심으로 한 간도지역의 문학성과가 이 시기 문학 '공백기', '암흑기'를 메워주고 있다. 전반적인 역사과정을 종합하여 보면 윤동주, 심련수 문학창작은 중국조선족문학이지만, 당시의 역사환경으로 보면 한국문학의 일부분으로서 한국현대문학사를 새롭게 정립하는 데도 의의가 있다.

제 4 부

조선족문학에 나타난
고향의식

| 이근전의 〈고난의 년대〉를 중심으로 |

1

서 론

80년대까지의 역사제재, 즉 이민사를 다룸에 있어서 조선족소설문학은 중국문학의 한 구성부분으로, 문화적으로나 역사적으로 이주역사, 즉 고향의식에 대한 주목은 엄두도 내지 못하였다. 이는 건국 후부터 새로운 시기에 이르기까지 제도·문화의 강력한 작용으로 인한 작가들 사유의 경직성과 폐쇄성, 그리고 소심성의 소산으로 판단된다. 내적인 요인보다는 외적인 환경의 작용과 영향이 강력했던 것이다. 새로운 역사시기에 들어서면서, 작가들은 외적 환경의 작용으로 인하여 점차 미적 가치의 척도를 국가의 정치기준에만 맞추던 경직된 사고방식에서 탈피하였고, 현실생활의 변혁에 따른 인간들의 가치관념의 변화와 행동방식의 변혁을 반영하면서, 동시에 조선족의 역사를 주목함에 있어서 정치적 시각이 아닌 민족적 시각에서 역사를 관조하는 민족 본체의식이 생성됐다.

이런 의식에서, 이근전53)은 비록 다작을 한 작가는 아니지만, 중국의

---

53) 작가 이근전(본명 이근혁)은 중국조선족 가운데서 작품활동을 활발히 하고 있는 현존 작가 중의 한 사람이다. 그는 1929년에 조선 자강도 자선군 삼풍면 운봉동의 농민가정에서 출생하였는데, 1937년 아홉 살 되던 해에 아버지를 따라 조선반도로부터 길림성 서란현 북대촌에 와서 자리를 잡았다. <과일 꽃 필 무렵>을 출판함으로써 문단에 알려지기 시작하였다. 중편소설 <호랑이>(1960), 장편소설 <범바위>(1962), 산문집 <연변산기>(1962)를 썼고, 1952년 첫 단편소

'10년 동란'을 제외하고 등단 이후 현재까지 꾸준한 창작활동을 해왔고, 중국의 작가협회 연변분회 주석으로 당선되었으며, 작가로서의 문학적 수준을 인정받고 있다. 그의 작품들은 실향민의 이주와 정착과정의 역사, 또는 삶을 반영하는 작품들로 이뤄졌는데, 그 대표적인 작품이 <고난의 년대>이다. 그의 작품에서의 망향의식 또는 고향의식은, 이민민족만이 느낄 수 있는 그 시대 문인들의 작품에 공통으로 나타나는 주제의 하나다.

이근전의 <고난의 년대>는, 1899년부터 1945년에 이르는 간도에서의 우리 민족의 삶을 그 내용으로 한다. 조선족문학평론가 조성일은 그 작품에 대하여 다음과 같이 평가하고 있다.

 ……60여 부를 헤아리는 중·장편소설 가운데서도 조선족의 100여 년 역사를 형상적으로 다룬 장편소설 <고난의 년대>, <격정시대> 등이 가장 대표적인 성과작으로 인정받고 있다.54)

<격정시대>가 김학철의 대표작으로서 중국 관내에서의 투쟁, 즉 태항산을 중심으로 한 '조선독립동맹'을 배경으로 쓰인 소설이었다면, 이근전의 <고난의 년대>는 동만주를 중심으로 진행된 항일무장투쟁, 특히 '東北抗日聯軍'을 그 배경으로 하고 있다. 이런 의미에서 그 중심적 배경이 동만주를 중심으로 이루어진 '抗日民族解放運動'을 그리고 있다는 점에 중요성이 한층 더 부각되며, 박천수 일가의 민족적 입장과,

---

설 <화물차>를 발표한 뒤, 계속해서 많은 작품을 남겼다. 1955년 단편소설 <과일 꽃 필 무렵>을 썼고, 이기영의 장편소설 <고향>을 중국어로 번역하였다. '문화대혁명' '10년 동란'으로 '走資派', '반동작가'로 몰려, 갖은 박해를 다 받고 창작권리마저 박탈당하였는데, 이 기간 동안 창작활동이 중지됐다가 중국의 개혁개방 이후 <강물은 출렁출렁>(1982), <부실이>(1982), <인생살이>(1982), <장인>(1982) 등 10여 편의 단편소설과 장편소설, <고난의 년대> 상(1982)·하(1984), <청산의 눈물>(1985) 등을 발표하면서 새롭게 창작활동에 임하고 있다.
54) 조성일, 『중국조선족당대문학개관』, 재인용, 이근전의 <고난의 년대> 4, pp.332-333.

일제를 등에 업고 반혁명적 역할만 해온 오영길 일가의 반민족적 태도라는 상반된 가족사를 매개로, 작품의 전 과정이 그려지고 있다는 점에서, 역사를 넘어서서 문학적으로 연구할 수 있다는 데에 그 의의가 있다. 동시에, 동시대 작가들인 김창걸, 김용식, 리홍규, 김순기 등과 함께 그 문학사적 위상을 같이한다는 의미에서도 그 의의가 크다고 하겠다.

이러한 그의 수준 높은 문학적 역량에 비해, 그에 대한 작품연구는 미비한 실정이다. 그의 장편소설 <고난의 년대>55) 1, 2, 3, 4권이 1988년에 세계도서출판에 의해 재출간되어 소개되었지만, 연구는 매우 적은 편이다. 김호웅56)의 「리근전론」, 조성일57)의 「장편소설 <고난의 연대> 상권의 사상예술적 특색」 등이 작품에 나타나는 형식화·도식화 면에서 많이 연구가 되었었다면, 장춘식58)의 「두 세대 인물형상의 의의」는 그 내재적인 면에서 연구가 깊다고 할 수 있는데, 작가 작품 전체에 대한 깊이 있는 연구에는 이르지 못하고 있다.

본고는, 장편역사소설 <고난의 년대> 1, 2(상), 3, 4(하)권 속에 나타나는 故鄕意識을 여러 층으로 나누어 분석하고자 한다. 소설은 박천수 일가를 중심으로 두 축을 이루고 있다. 횡축을 이루고 있는 박천수, 오영길 등 同世代들에서 나타난 삶의 개척과, 현실에 대응하는 離鄕意識을 깊이 있게 연구하고, 다음 一世代 同心圓59)을 이루고 있는 박천수

---

55) 세계문예, <고난의 년대> 1, 2, 3, 4권, 세계도서, 1988. 필자는 한국세계도서에서 출판된 책을 텍스트로 한다.

56) 김호웅, 「이근전론」, 『중국조선족작가연구』, 흑룡강출판사, 1989.

57) 조성일, 「장편소설 <고난의 연대> 상권의 사상예술적 특색」, 『중국조선족소설문학론』, 연변교육출판사, 2003.

58) 장춘식, 「두 세대 인물형상의 의의」, 『20세기 중국조선족문학선집』 4, 연변인민출판사, 1999.

59) 몸은 비록 타향에 있지만, 마음만은 고향에 있는 것을 '同心圓 뿌리의식'이라 하고, 고향에 대한 모체보다는 민족이라는 근원적인 문화를 심상에 안고 있을 뿐, 不同한 환경 다른 체재의 정치적인 영향과 장기간의 실향이라는 민족역사의 剖綿的인 단절 때문에, 몸만 타향에 있는 것이 아니라, 마음까지 타향에 정착하게

와, 二世代 離心圓60)을 이루고 있는 박윤민 등을 종축으로, 그들의 歷史意識과 民族意識을 함께 다뤄보고자 한다.

되는데, 이것을 '離心圓 뿌리의식'이라고 한다. 필자는 림국웅이 「이방인과 경계인의 이중주」, 『세계 속의 한국(조선)문학 비교연구』, 2001년 8월 1일에 중앙민족대학 조선학연구소에서 발표한 이 개념에 대하여 시사하는 바가 크다. 본론에서는 고향을 두고 만주에 이주한 1세대를 '동심원'이라 부르고, 만주를 개척하면서 제2의 고향을 건설하여 정착하고 있는 2세대를 '이심원'이라고 부른다.

60) 각주 7)과 같음.

2

삶의 현장에 나타난 이향의식

이민민족의 고향의식은, 갓 이주를 시작한 작가들 속에서 많이 나타났는데, 이근전 역시 어렸을 때 이민과정을 거쳤던 1세대부터 현재에 이르기까지의 작가로서, 그가 겪었던 체험이 당시 失鄕意識을 진실하게 반영하였던 것으로 보인다. 당시는 亡命과 離鄕의 시대로 규정할 수 있는 박해와 피난의 시기이다. 이 망명과 이향은, 외관으로는 간도나 만주로의 도피였지만, 내면으로는 실향을 인식한 데서 오는 민족감정이 심화되어 가던 때이다. 국권상실, 고향상실에서 오는 고향이탈은, 우리 민족의 삶이 외세에 의해 빼앗기고 쫓겨나고 밀려났던 역사의 그늘을 그대로 투영한다.

비극적인 현실은, 우리 민족으로 하여금 삶의 탈출구인 머나먼 이국으로의 타향살이를 하지 않으면 안 되게 하였다. 따라서 이근전의 소설에서는 고향상실과 그로 인한 방랑의 모습이 작품에서 하나의 모티프가 된다. 강권으로 침탈된 조국의 현실, 떠나올 수밖에 없는 고향, 그의 작품에는 이런 의식들이 자리를 잡고 있다.

비바람이 울부짖고 강물이 포효한다.
1899년 8월이었다. 눈앞에 손을 내뻗쳐도 보이지 않을 칠흑같이 캄캄한 야밤에 검은 그림자들이 꾸역꾸역 움직이고 있다.

허나 획획 휘몰아지는 비바람과 함께 확확 뿜어 나오는 가쁜 숨결들, 강안은 무거운 공포감과 무시무시한 살기로 뒤덮여 있었다.61)

이와 같이, 소설의 사건은 어두운 밤을 배경으로 이루어지고 있다. 이국의 땅은 이주민들에게 이렇게 다가오고 있다. 환경설정부터가 離鄕과 타향살이를 하는 사람들에게만 느낄 수 있는 미지의 세계에 대한 공포감과 두려움이 서려 있다.

우리 선조들이 살길을 찾아 간도 땅에 흘러 들어와 생활한 19세기 말에서부터 20세기 중기에 이르는 시기는, 이근전 소설의 제목처럼 <고난의 년대>였다. 그리고 그것은 또한 간고한 개척의 연대였고, 처절한 역사였다. 1879년의 '기사년 대기근'을 전후하여 조선반도에는 연속 몇 년간 혹심한 자연재해가 들었다. 그래서 괴나리봇짐을 둘러멘 이주민들은 두만강을 건너 중국의 동북 땅으로 밀려들어 갈 수밖에 없었다. 당시 만주 예수교 전문학교의 목사이던 쿡(Cook)이란 사람이 그때 기술한 대목이 있다,

많은 사람이 수풀의 바닷속에서 굶어 죽었다. 몸의 곳곳이 그대로 들어난 남루한 누더기를 걸친 여인들이 아이들을 업고 간다. 조금이라도 서로의 체온으로 서로를 돕고자 함이다. 그러나 아이의 다리는 해진 옷 사이로 나와 어느새 얼어붙어 조그마한 발가락이 맞붙어 버린다.62)

소설의 주인공인 박천수가 바로 이와 같은 수많은 월강민들 중의 한 사람이었다.

작가는 일제 치하에서의 우리 민족들이 살고 있는 시대배경과 환경을, 8월인데도 휘몰아치는 비바람과 칠흑같이 캄캄한 야밤, 무서운 공

---

61) 이근전, <고난의 년대> 1, 세계출판, 1988, p.11.
62) 오양호, 「역사적 삶과 그 극복」, 『韓國文學과 間島』, 문예출판사, 1988, p.209.

포감과 무시무시함을 조성시킴으로써 앞으로 곧 불행이 닥쳐올 것이라는 것을 암시케 한다. 하지만 이들의 '離農의 밤'은 다음 단계의 '黎明'을 전제로 일시적인 밤이라 할 수 있다. 밤은 모든 것을 가려버리고 모든 것을 흡수해버리고 동질화시킨다. 장막에 덮여 있는 밤은, 불안과 초조함을 참으면서 삶의 희망이 기대되는 밝음의 세계를 찾아가는 이주민들이나 도피자들에게는, 좋은 기회라고도 할 수 있다.

1) 開拓과 逃避

이 소설의 첫 장면은, 두만강을 건너는 박천수 일가와 오영길 일가의 모습으로 시작된다. 이 두 집안은, 조선 말의 부패한 왕조 밑에서 억압받고 착취당하면서 초근목피로도 이어나갈 수 없게 되자, 살길을 찾아 고향을 등지고 두만강 건너 간도의 한 지방으로 이주한다.

> 1) 고향 마을인 조선 산골짜기에 살 때……몽땅 산전인데다가 또 모래밭이기도 하였다. 이런 밭에다 일년 열두 달 땀을 퍼부어도 곡식은 실로 땀의 절반도 못 되었다.……
>
> 2) 박천수네와 오영길 그들 두 집은 온종일 나무숲 속에 숨어 있다가, 인제야 강을 건너기 시작하였다. 삶을 찾아 헤매는 이들, 이들은 지금 초근목피로도 연명할 수 없게 되자, 정든 고향을 떠나 이역 땅을 바라고 두만강을 건너가는 참이었다.
> 한 발자국을 더 뛰면 뒤따르는 순라병들과는 한 발자국 더 멀어질 것이며, 그것은 또 희망하는 곳과는 한 발자국 더 가까워질 것이었다. 그래서 나무줄기에 할퀴우고 등줄기에 엎어지면서 남부 여대 서로 손을 잡아 쥐고 죽어라고 냅다 뛰었다.……
>
> 3) ……박천수도 이런 정황을 잘 알고 있었다. 그러므로 목숨을 내분질 잡도리를 단단히 하고 떠난 그였다. 하지만, 이제는 그것이 눈앞의 현실로 되었다. 윤동이와 윤민이가 십중팔구 순라병들에게 붙잡힌

게 틀림없을 것 같았다. 다행히 도망쳤다 하더라도 그것은 또 기약
할 수 없는 목숨들이었다.……63)

　4) 꽃분이의 죽음은 박천수에게 내심상의 큰 고통을 안겨 주었다. 그의
　눈앞에는, 인제 시급히 속단을 지어야 할 일이 있었으니, 그것은 녹
　슨 물을 먹으며 이 고장에 그냥 붙어사느냐, 아니면 이 고장을 뜨느
　냐 하는 절박한 문제였다.
　그러나 정작 뜨자고 생각하니 땅이 아까왔다. 박천수는 어느새 땅에
　깊은 정이 들었다. 그는 강을 따라 내처 걸었다. 어데 가서나 이렇
　게 좋은 땅은 만날 것 같지 못 했으며, 또 훌쩍 떠난다고 해서 꼭
　좋은 물을 만나리라고는 담보할 수 없는 일이기도 하였다.64)

　1)은 고향 마을의 땅이 척박하여 살기 힘든 상황을 말하고, 2)는 초
근목피로도 연명하기 어렵게 되자, 박천수네 일가와 오영길의 일가가
정든 고향을 버리고 떠나는 장면을 서술한 것이다. 3)은 삶의 길을 찾
아 정든 고향을 버리고 이역 땅을 바라고 목숨을 내걸고 도강하였지만,
끝내 사랑하는 아들 윤동이와 윤민이를 잃어버리고 만다. 4)는 박천수
일가가 비록 땅이 기름져서 살기 좋은 만주에 왔지만, 풍토병 때문에
막내딸 꽃분이를 잃은 일로 인하여, 박천수가 내심으로 겪는 모순, 즉
이 땅을 떠나야 하나 아니면 개척하여 제2의 고향으로 삼아 새로운 삶
을 시작해야 하나 하는 갈등을 보여주고 있다.

　조선농촌의 피폐화에 따른 간도 땅 이주과정과, 개척과정에서 겪는
비극적인 삶의 모습, 그리고 민족대이동의 실제상황을 작가는 리얼하게
반영한 것이다. 이들이 이주한 이듬해에는 일제의 전면적인 침략이 시
작된다. 그것은 우리 민족의 수난을 의미했고, 동시에 간도로의 이주가
급격히 증가된 직접적인 원인을 제공하기도 했다. 조선에 대한 일제의
식민지 약탈이 가혹해짐에 따라, 조선전역에서 삶의 기반을 상실한 많

63) 이근전, 앞의 책, pp.11 - 13.
64) 이근전, 앞의 책, p.54.

은 離鄕民들은, 滿洲各地로 이주해가기 시작하였다.

소설에서 박천수 일가의 경우를 보면, 그들은 이미 모국생활에서 망국의 수치, 실향의 설움, 유랑민으로서의 뼈아픈 상처를 얻었기 때문에, 이주민의 삶을 시작함에 있어 고향의 현실에서 벗어나고자 하는 의식이 강렬했다. 결과적으로, 그들은 離鄕이라는 고난의 길을 선택했고, 다시는 떠나지 않고 '발붙일 고향'을 지향하는데, 그것은 바로 만주에 정착하여 자연과 이민족의 도전이라는 고난을 극복하는 과정으로 드러난다. 작품에서 박천수 일가는 그러한 고난을 극복하고, 제2의 고향을 개척하려는 굳은 의지를 보여주고 있다. 이는, 당시의 이주민들에게 공통으로 읽히는 개척의지로 해명된다.

> 그리 멀지 않은 저쪽에서 아버지 어머니와 윤길이, 그리고 자기 안해가 역시 부대를 일구고 있었다. 아버지는 괭이를 휘두르고 있었는데, 어느새 저고리는 벗어 내치고 홑적삼 바람으로 걸쌈스레 해댔다. 하지만 때때로 깊이 박힌 나무뿌리는 좀체로 뽑혀지지 않았다. 그러면 나무뿌리에 바오래기를 동여매고 넷이서 "허기영차!"를 먹여 가며 잡아 끌었는데, "우지직!" 하고 나무뿌리가 뽑혀지는 순간, 일제히 궁둥방아를 찧을 때가 많았다. "와그르" 터지는 웃음 소리, 실로 사람이 많으면 일도 흥겹고 성수가 나 보였다.65)……

상기 인용문에서 보이듯, 박천수 일가는 한족농민 왕덕후의 도움으로 집을 짓고 씨앗을 뿌려, 삶의 새로운 터전을 만든다. 농사는 잘됐지만, 풍토병 때문에 정착하기 어려웠다. 그러나 박천수는 여러 날 헤맨 끝에 맑고 깨끗한 샘을 발견하여, '천수동'이란 이름을 지어 이주민들을 위한 삶의 기반으로 가꾼다. 그는 새로 온 이주민들과 함께 집을 짓고 밭을 일궈, 제2의 고향에 빨리 정착할 수 있도록 도움을 주었다. 뿐만

---

65) 이근전, 앞의 책, pp.91 - 92.

아니라, 이주민이 늘어나고 애들이 많아지자, 마을에 학교를 지어 공부하게끔 하고, 수전개발에도 성공하여 간도에서의 삶이 고향보다 나은, 부럼 없는 제2의 고향이 되도록 노력하였다. 이러한 개척의지는, 그 시대 문학작품에서 공통으로 발견된다. 안수길의 <北間道>, <벼>, <새마을>, 김창걸의 <暗野>, 현진건의 <故鄕>, 조명희의 <農村 사람들> 등에서 많이 소설화되었는데, 역시 삶의 터전을 마련키 위한 자연의 극복과 이민족의 도전 등, 개척의지가 서사적으로 표현되었다. 이것은 離鄕文學을 구축함에 있어 또 하나의 작품세계로 볼 수 있다.66)

위와 같은 개척의지가 반영되는 작중 인물도 있지만, 같은 삶의 탈출구인 이역 땅을 바라고 떠난 오영길의 성격은, 박천수와는 판이한 면을 드러낸다. 박천수는 삶의 시련과 좌절을, 탈출구이자 피난처인 만주에서 극적으로 변모시켰지만, 오영길은 살인, 난봉, 밀매(소금·담배·마약)를 한 죄가 무서워, 고향을 버리고 삶의 탈출구이자 도피처인 이역 땅 만주로 떠날 수밖에 없는 처지였다. 때문에, 그에게는 오직 고향을 떠나야 살 수 있다는 일념뿐이다.

이러한 이유로 고향을 떠났기 때문에, 미련이나 절절한 그리움이 있을 수 없었고, 오직 고향이 공포의 대상으로밖에 느껴지지 않는다. 다음의 문장을 보고, 그의 위와 같은 상황을 짐작할 수 있다.

……오영길이가 고향으로 돌아가지 않는 데는 또 한 가닥 연고가 있었다. 오영길은 스물 한 살에 장씨네 처녀와 결혼했는데 이듬해에 딸애까지 보았다. 딸애의 이름은 순희라 불렀다. 그런데 오영길은 난봉이 나서 젊은 아내와 딸애를 집에 팽개치고 사처로 떠돌아다녔다.
……오영길은 마침내 월향이를 시켜 비상으로 강영감을 죽인 다음 금을 훔쳐 가지고 고향으로 도주해 왔다. ……그런데 이것이 얼마 안 가서 관가에 발각되는 바람에 오영길은 재산을 몽땅 몰수당한 데다 그 죄를 치

---

66) 오양호, 「韓國小說에 나타나는 떠남의 모티프와 間道」, 앞의 책, pp.36-39.

죄받기로 되었다. 바로 이러한 때에 박천수네가 간도를 바라고 길을 떠났으므로 오영길이도 급급히 따라나섰던 것이다.......67)

위의 두 문장에서 보면, 박천수와 오영길 두 가족은 삶의 탈출구를 향한 출발점은 같지만, 그들의 출발 동기는 서로 다르다는 것을 볼 수 있다. 박천수의 경우는, 생활고로 고향을 떠나 삶과 희망의 안식처인 만주를 바라고 떠난 출발이었으며, 박천수 자신에게 있어 고향이 아직까지 아련한 미련으로 남아 있다. 하지만, 오영길의 경우는 용서받을 수 없는 죄인의 고향탈출이기 때문에, 만주 땅은 그에게는 도피처이기도 했으나, 동시에 삶의 소박한 희망이기도 했다. 반면, 고향은 공포와 두려움으로 가득한, 자신에겐 언제 잡힐지 모르는 지옥으로, 돌아갈 수 없는 하나의 공포의식으로 남아 있을 수밖에 없다.

만주 땅은, 이주민이나 도피자 모두에게 있어 삶의 안식처이자 희망이었다. 물론, 출발 동기는 다르지만, 그들에겐 삶의 안식처이자 희망이라는 미래지향적인 측면에서는 일치한다. 그들의 이러한 不同한 출발의식과 동기는, 또한 정착과정에서도 다르게 나타난다.

2) 對決과 順應

갓 이주한 개척민들에게, 만주 땅은 더없는 삶의 안식처이자 희망이었고, 다시 떠날 수 없는 제2의 고향이었다.

......왕덕후는 박천수를 이끌고 골안에 가서 집터와 부대밭들을 구경시켰다. 그것은 정말 산도 있고 물도 있는 좋은 고장이었다. 앞에는 무연한 초지가 가로누웠는데 초지 한복판으로는 내물이 돌돌 흐르고 있었다. 그 뒤에는 밋밋한 등성이가 안성맞춤하게 기복을 이루며 똬리처럼 둘러쌌는

---

67) 이근전, 앞의 책, pp.66-69.

데 그것은 정말 보는 사람으로 하여금 아늑한 감을 자아내게 하는 따뜻한 요람 같기도 하였다. 천수로서는 실로 난생처음으로 이렇게 좋은 땅을 보았다. 고향의 땅은 말 그대로의 돌밭이여서 근본 괭이가 소용없었다. 돌 밑의 흙 층이 너무 엷어서 파종할 때면 평지에서 흙들을 등짐에 져다가 먼저 돌과 돌 짬에 흙을 떨구고 연후에 종자를 밀어 넣군 하였다. 그러다, 가물만 만나면 태양의 복사를 받은 돌이 어린 싹들을 몽땅 데워 죽이고, 또 우기나 다닥치면 돌 밑의 잡초가 일시에 돋아 올라서, 호미가 아니라 낫으로 베어내야 할 형편이었다. 헌데 지금 눈앞에 펼쳐진 땅들은 어떤가! 실로 금전 옥답이었다. 그리고 뒷산에는 소나무, 황철나무에다 각가지 나무가 꽉 들어차 있었다. 그것들을 베다가 별로 힘들이지 않고 귀틀집을 지을 수 있었으니 박천수의 마음은 푸른 하늘처럼 탁 틔어졌다. 실로, 기복을 이루며 펼쳐진 무연한 초지도, 그리고 멧새들의 지저귐도, 바야흐로 추색에 무르녹는 산과 들도, ……

……7월에 접어드니 곡식들은 죄 이삭이 팬 데다가 누르기까지 들써서 황금나락의 구수한 냄새를 풍기게 하였다. 실로, 감자는 목침만큼씩 컸고 옥수수 이삭은 방치만큼씩 했고 조 이삭은 황둥개 꼬리만큼씩이나 되게 굵었다.[68]

하지만, 이러한 기쁨과 희망은 오래가지 못하였다. 만주 땅은 필경 남의 나라 땅으로서, 정부의 토지세, 지주의 땅값, 세금 등을 물고 나면 양곡의 전부를 차압당하기도 하거니와, 빚 대신 자식을 지주 집에 머슴살이로 보내기도 했다. 그들의 삶은 어디를 가든 뿌리를 내리고 살기 어려웠다. 특히, 자기 나라가 아닌 다른 나라에서 그들의 처지는, 자기상실감이 더 컸을 것이다. 이런 실향의식이 인식된 민족에게는, 어느 지역 어느 집단에도 뿌리를 내리고 살 수 없는 갈등과 자기상실감이 존재한다. 자기상실감이란 강한 자의식이요, 강한 자의식은 곧 타인에게서 오는 '認識의 强力한 反作用'이다. 타인의식은 소외감, 낯설음, 주인의식의 상실을 의미하고, 이 체험은 또한 부단한 자기회복의 의지

---

68) 이근전, 앞의 책 p.46.

도 나타낸다. 이러한 의지는, 제1의 고향이 아닌 제2의 고향에서 자신의 삶을 창조하고 건설함으로써, 정착민으로서의 적극적인 자세가 현실을 대처하게 한다.[69] 여기서 우리는 두 개의 측면으로 나누어 분석할 수 있다.

하나는, 자기민족을 의식하면서 현실에 대응하는 적극적인 강한 자의식이고, 다른 하나는, 자기민족의 정체성을 상실해가면서 현실에 순응해가는, 삶의 안식처를 찾는 자의식으로 생각해볼 수 있다. 본 작품에서는 주요하게 박천수와 오영길 등의 인물들에게서 두드러지게 나타난다.

당시 淸정부에서는 밀려오는 이주민들을 다스리기 위해, 소위 '變發易服'의 강경정책을 내놓았다. 원래 '變發易服'은 滿人들의 복장으로, 변발은 淸나라에 대한 복종인데, 淸정부는 漢族을 다스림에 있어 강경책과 회유책을 병행했다. 만주의 풍습인 변발과 호복을 강요하는 것은, '滿淸强硬策' 중의 하나였다. '變發易服'은 조선민족에게 있어서는 민족을 팔아먹는 매판에 다름 아니다. 강경책에 굴복하지 않은 박천수는, "아무리 가난하다 해도, 뜻만은 굽히지 말아야 한다고, 절대 그런 굴욕적인 일은 할 수 없다고 보네. 이른바, '변발령'에서 '위반한 자는 목을 자른다'고 을러멨지만, 글쎄 한두 사람은 죽일 수 있을지언정 온 마을이 다 들고일어난다면, 그들도 무슨 방법이 있겠는가? 그러니 우리는 마을 사람들에게 널리 알려서 모두 다 그들의 수작에 방비가 있도록 해야 하겠네!"[70]라고 하면서 淸정부의 강경책에 맞서 목숨을 잃더라도 절대 민족을 배반하는 굴욕적인 일은 하지 않았을뿐더러, 현실의 불합리성에 앞장서서 대응해나갔다. 그는 "오로지 목숨을 내걸고 맞서야지 절대 구걸해서는 안 된다"는 결론을 내리면서, 자기와 같은 처지의 소작인들 앞에서 "겁날 게 뭐란 말이여? 누구나 제 할 대로 하라지. 감방

---

69) 오양호, 「≪在滿朝鮮詩人集≫ 硏究」, 앞의 책, pp.101－102.
70) 이근전, 앞의 책, p.144.

제4부 조선족문학에 나타난 고향의식 141

이나 바깥이나 다 한가지란 말일세. 그래, 감방은 감옥이고 바깥은 감옥이 아닌가? 그래, 임자네들이 보기엔 이놈의 세상이 감옥이 아니란 말인가?"라고 하였다. 뿐만 아니라, 자신이 가난한 소작인의 처지임에도 불구하고, 더 가난한 사람들을 돌보면서, "누구든 마을에 들어서기만 하면, 그는 꼭 자기 집에 맞아들여 그들이 집을 짓고 나갈 때까지 함께 살았고, 종자로 남겼던 식량마저 내주어 부대를 일구는 개척민을 성심껏 돌봐주었다. 그리하여, 마을에서는 그를 적선하는 사람이라 불렀고, 마을의 대소사는 물론 새 이사호가 오면 꼭 그부터 찾게 하는 것이 예사로운 일로 되었다."[71] 그는 근면과 부지런함으로 땅을 일구었고, 當地에 알맞은 첫 벼 종자를 배양하여, 만주에서 벼농사를 못 짓던 국면을 타개하였고, 삼을 심고 뽕나무를 재배하여, 가장 기본적인 생활의 기초를 마련하였다. 이런 그의 적극적인 삶의 자세는, 개척민들의 창조적 욕망과 지혜, 그리고 행복한 삶을 추구하려는 굳센 의지로 나타났다. 이것은 개척민들의 현실에 대한 적극적이고 긍정적인 삶의 자세라고 볼 수 있다.

반면에 소작농을 착취하면서 자신의 이익만을 챙기는 매판적이고 비인간적인 인간도 있는데, 그것은 바로 오영길과 같은 인물이라고 할 수 있다.

    ……해질 무렵에 오영길은 보따리를 걸머지고 육도구에서 돌아왔다. 월향이가 보따리를 받아 헤쳐 보려는 것을 오영길은 부랴부랴 제지하며 그러지 못 하게 하였다. 밤에 등불을 켜자, 윤돌이도 돌아가고 장서방도 방으로 자러 갔다. 영길은 이 때에야 그 보자기를 헤쳐 놓았다. 그런데 그것을 본 월향이는 그만 눈이 둥그래지고 말았다.
    "아유, 이건 대국 사람들이 입는 만족 옷이 아니예유?"
    "그렇소, 만복이요."

---

71) 이근전, 앞의 책, p.61.

"그걸 해서는 뭘 해요?"

"뭘 하긴 내가 입겠소!"

오영길은 이렇게 배심좋게 말하면서 몸에 옷을 걸치기까지 했다. 길다란 치포(旗袍: 중국 전통복장)에다 비단으로 만든 마고자, 게다가 머리에 족두리 모자까지 쓰고 나니 틀림없는 진짜 만인이었다.

"아유, 보기 흉해라!"

……생략……

"머리 태가 없군요!"

"거야, 어렵지 않소. 상투를 풀어 놓으면 되니깐."

……생략……

"당신이 뭘 안다고 그래, 이게 바로 권력이자 재산이란 말이야! 이제 때가 되면 이 치포를 걸친 내 말을 누구든 고분고분 듣고야 말걸."

실상 오영길은 이렇게 하는 건 수치스러운 일이며 스스로 존엄을 팔아 먹는 비굴한 행위여서 뭇 사람들의 조소와 저주를 면치 못 하리라는 것을 잘 알고 있었다. 그러나 그는 변발역복을 해야만 지권을 가질 수 있다는 규정을 너무나도 똑똑히 기억하고 있는 터였다.[72)]

오영길이 불경처럼 확고히 믿어오는 한 가지 신조가 있었으니, 그것은 세상을 살아가자면 돈이 있어야 하고, 나리가 되자면 권력이 있어야 한다는 것이었다. 때문에 그까짓 조소와 저주쯤은 아무렇지도 않거니와, 그따위 존엄이란 헌 물건처럼, 그것은 추위도 막을 수 없고 주린 창자도 채우지 못하는 쓸모없는 것이라고 여긴다. 그는 '變髮易服'을 해야만 자기의 권력과 재부를 키울 수 있다는 것을 알고, 수단 방법을 가리지 않았으며, 심지어 사람을 죽이면서까지 돈을 빼앗는 행위도 서슴지 않는다. 그는 권력과 재부를 얻을 야심으로, 자신이 직접 '變髮易服'을 하였을 뿐만 아니라, 촌민들에게도 강요하였다. 이에, 촌민들이 거세게 반항하자 '變髮易服'을 하지 않는다는 핑계로 토지권을 주지

---

72) 이근전, 앞의 책, pp.135 – 136.

않았고, 그 토지권을 자신의 소유권으로 만들어 정착민들을 마음대로 착취해갔다.

오영길에게 있어서의 '變發易服'은, 위로는 淸정부에 아부하여 권력을 얻을 수 있는 기회였고, 아래로는 정착민들을 마음대로 착취하여 자신의 재부를 축적해나가는 기회가 되었다.

이와 같이, 오영길은 淸정부의 부패한 강경책을 이용할 뿐, 부조리한 현실과 맞서 싸울 마음이 없었다. 오히려, 그것을 자신이 치부할 수 있는 좋은 기회로 만들어, 같은 민족에게서 마음대로 뜯어먹고 착취하는 행위를 서슴지 않았으며, 자신이 출세하는 데에 장애물로 작용하는, 삼촌이자 머슴인 장 서방마저 생매장하려 시도하였다. 청국과 일본에 의해 매판 지주로 성장한 오영길은, 고향의식이란 하나의 개념으로 작용할 뿐, '고향·민족·情' 이러한 정서와는 애당초 거리가 먼 人間形이라 할 수 있다.

위에서 필자는 이주민들의 고향탈출과 그에 따른 여러 가지 양상을 살펴보았는데, 거기서 첫째 부분은, 고향의 피폐화로 인한 삶의 탈출구와 범죄행위로 인한 현실도피의 고향탈출을 개관할 수 있었다. 둘째 부분은, 개척과정에서 겪어야 했던 여러 가지 문제점들과 역경들을 보게 되는데, 당시 淸정부의 강경정책, 이주민들 내부에서의 모순과 충돌, 그리고 원주민들과의 우호적인 인연 등을, 이근전의 초기작품 <고난의 년대>에서는 어렵지 않게 찾아볼 수 있었다.

3

고향의식에 나타난 歷史意識과 民族意識

이 장에서는, 주로 후기의 소설 3, 4권을 논한다. 전기소설에서 횡축을 이루고 있는 박천수와 오영길의 이향과정과 개척과정에서 겪어야 했던 여러 가지 문제점들을 보았다면, 후기의 소설에서는 종축을 이루고 있는 1세대 박천수와 2세대 박윤민 등에게서 나타나는 고향의식들을 볼 수 있다. 不同한 뿌리의식은, 역시 그와 같은 고향의식을 창출하듯이, 전 세대와 후 세대 간에는, 그와 같이 다른 고향의식을 발견할 수 있다. 그들의 고향의식은, 그들 선조로부터 이어지는 역사의 뿌리가 멀고 가까움에 따라 다르게 나타난다.

갓 이주한 개척민 박천수와 같은 1세대는, 고향의 하나하나가 정든 고향으로서, 몸은 비록 타향에 있지만 마음만은 아직 고향에 있는 것이다. 이를 일러 同心圓 뿌리의식을 갖고 있다고 보아야 할 것이다. 그러나 박윤민과 같은 2세대 정착민의 경우는, 어렸을 때 고향을 떠나왔기 때문에 고향에 대한 母體보다는, 민족이라는 근원적인 문화를 심상에 안고 있을 뿐, 不同한 환경, 다른 체재의 정치적인 영향과, 장기간의 실향이라는 민족역사의 剖綿的인 단절 때문에, 몸만 타향에 있는 것이 아니라 마음까지 타향에 정착하게 되는데, 이것을 우리는 離心圓 뿌리의식이라고 보아야 할 것이다. 정착민 2세대의 경우는, 세월의 흐름에 따라 더욱 선명하게 이러한 意識이 드러난다. 다음의 세부적인 항목을

통해 同心圓에서 나타난 歷史意識과, 離心圓에서 나타난 民族意識을
함께 다루어보기로 한다.

1) 일세대 동심원적 역사의식

일반적으로 同心圓 뿌리의식을 갖고 있는 개척민 1세대의 경우는,
고향의 모든 관습·문화·예절·풍속 등이 피부에 스며들어 있고, 조국
에서는 살 수 없는 향수와 애수로, 고향산천에 대한 그리움이 귀향의식
이라는 정신적 양태로 가득 차 있다. 그것은 땅이 좋고 물이 좋은 제2
의 고향이라는 만주의 개척을 통하여, 삶의 뿌리를 박고 살아야 한다는
정착의식으로 변형화되어 표현된다.

1세대들에게 있어 만주 정착의 필요성은 두 가지로 해석될 수 있다.
하나는, 자신들 생활의 수요로부터 오는 주관적 의식이고, 다른 하나는
사회의 필요에 의한 객관적 수요이다.

먼저, 객관수요에 의한 사회적 필요성을 고찰해보자.

1927년 중국 내의 '國權回復運動'과 더불어, 전 만주지역에 '朝鮮人
構築措置'가 취해졌다. 이 시기 간도의 '朝鮮人構築方式'은, '間道協
約'에서 조선인들의 거주권과 귀화 입적자들에 대한 토지소유권이 인
정되었기에, '東邊道地域'과 같이 무력으로 축출하거나, 易服을 강요한
것과는 구별될 수 있겠다. 당시 중국정부에서 취한 '朝鮮人構築措置'
는, 대체로 두 가지 방식으로 진행되는데, 하나는 귀화조건을 강화하여
조선인들을 중국인으로 완전히 동화시키는 것이고, 다른 하나는 조선인
들의 생활환경을 악화시킴으로써, 조선인들 스스로 일제의 지배권에서
이탈하여, 진정으로 귀화 입적하는 것이거나, 아니면 고국으로 되돌아
가게 한다는 간접적인 구축방법이 그것이었다. 1928년 2월 吉林省에서
는 '道倫會議'를 개최하고, 6개월 이내에 조선인 모두를 귀화 입적시킬
것을 결의하였으며, 이에 응하지 않는 비귀화인에 대해서는 토지와 가

옥을 대여하지 못하도록 규정하였다.[73] 이런 강경정책과 더불어, 귀화 입적 기한을 1928년 7월 1일부터 12월까지로 설정하였는데, 남경 국민당 정부 측은, 특별히 북간도지방 조선인에 대하여 '귀화 입적비'를 면제해주는 '회유정책'[74]을 취하였다. 뿐만 아니라, 귀화조선인 이주민에 대한 우대조건으로, 매 3호에 소 한 마리를 대여하며, 주택건축비로 관전 3백 조를 지급하고, 1년간의 식량을 무이자로 대여한 후 삼 년 후에 반환하며, 황무지는 개간 후 5년간은 소작료를 징수하지 않는다고 하였다.[75]

정부의 이런 강경정책과 회유정책은, 사회의 수요이자 이주민 자신들의 개인적 수요이기도 하였다. 살기 위하여 사회의 수요에 만족하지 않으면 안 되었고, 淸정부 역시 이주민들을 귀화 입적시키지 않으면, 사회적 문란이 야기되어 회유정책을 실시하지 않으면 안 되었다. 이런 서로 간의 이익으로부터 출발하여, 이주민들은 자신들 이익에 별로 해가 없고, 淸정부 역시 조선의 이주민들이 만주 땅을 개척하는 데에 유력한 노동력이 되었기 때문에, 그들 상호간에는 유익한 조건이 조성된 것이라 할 수 있다. 표면적으로, 淸정부의 강경정책과 회유정책은, 농사지을 땅과 삶의 방편을 찾아서 만주 땅까지 떠나온 조선의 이주민들에게는, 더없이 좋은 기회가 되었던 것도 사실이었다.

  1) 고향 마을인 조선 산골짜기에 살 때……몽땅 산전인데다가 또 모래밭이기도 하였다. 이런 밭에다 일년 열두 달 땀을 퍼부어도 곡식은 실로 땀의 절반도 못 되었다. ……

  2) 박천수도 이런 정황을 잘 알고 있었다. 그러므로 목숨을 내분질 잡

---

73) 김춘선, 「1920년대말 중국당국의 대조선인 구축정책과 조선인사회의 대응」, 『중국조선족공동체연구』, 연변교육출판사, 2000, p.3에서 재인용.

74) 김춘선 논문에서는 '우대정책'이라고 했는데, 필자는 이것이 '회유정책'임을 지적한다. 왜냐하면, '우대정책'은 아무런 조건 없이 우대하는 것이지만, '회유정책'은 중국당국의 정치적 이해에 의하여 입안된 정책이기 때문이다.

75) 현규환, <韓國流移民史> 상, 삼화인쇄출판, 1976, pp.162–163.

도리를 단단히 하고 떠난 그였다. 하지만, 이제는 그것이 눈앞의 현실로 되었다. 윤동이와 윤민이가 십중팔구 순라병들에게 붙잡힌 게 틀림없을 것 같았다. 다행히, 도망쳤다 하더라도 그것은 또 기약할 수 없는 목숨들이었다. ……꽃분이의 죽음은 박천수에게 내심상의 큰 고통을 안겨 주었다.76)

1)은 박천수가 고향 마을인 조선 산골짜기에 살 때의 비참한 삶을 묘사한 것이다. 이런 밭에다 일 년 열두 달 땀을 퍼부어도, 곡식은 실로 땀의 절반도 못 되었다. 그래서 땅만 좋으면 가난에서 벗어나는 것은 물론, 당장 부자 부럽지 않은 신세가 되리라고 믿어왔다. 그래서 2) 와 같이 그들은 솔가 도주하다시피 천수동에 왔다. 박천수는 오로지 자식들을 위해 생명의 위험도 무릅쓰고 불원천리하고 만주까지 왔지만, 그에게는 불행만 들씌워진다. 순라군에게 두 아들을 잃고, 또 풍토병 때문에 외동딸 꽃분이마저 잃었으니, 실향이라는 비극적인 슬픔은 이를 데가 없었다. 비록, 아들딸을 잃는 큰 아픔을 겪기도 했지만, 어느 정도 정착 기반이 닦인 정든 만주 땅을 뜨기는 아쉬웠다. 자식 잃은 불행을 생각하면, 당장이라도 만주를 뜨고 싶었겠지만, 살아 있는 사람들을 위하여 살길을 마련해야 한다는 일념으로, 그는 끝내 맑고 깨끗한 샘물을 발견하여 만주에 정착했다.

초원은 또 얼마나 비옥한지 몰랐다. 끝간데 없이 펼쳐진 초지에는 갈대와 양초들이 가득 들어서서 마치 푸른 주단을 깔아놓은 듯했고 황금색의 나리꽃이며 울긋불긋한 패랭이꽃들, 그리고 이름 모를 갖가지 꽃들이 키를 다투며 만발해서 향기를 뽐는데 그것들은 꼭 마치 푸른 비단에 수를 놓은 듯 황홀하였다.
발밑에 밟히는 푹신푹신한 땅도 마음에 들었다. 천수는 허리를 굽혀 두 손으로 흙을 한 웅큼 움켜 쥐고 허리를 쭉 펴더니 농군의 본새대로 그 검

---

76) 이근전, 앞의 책, pp.11 – 13.

실검실하고 기름기 도는 흙에 코를 대고 한 가슴 가득히 흙내를 들이켰
다. 흙의 구수한 향기는 허파를 통해 온몸에 죽 숨배여 들면서 일종 형언
할 수 없는 쾌감을 불러일으켰다. 천수는 자기가 오매에도 그리던 것이
바로 이런 기름진 땅이었음을 깨닫게 되자 눈앞에 펼쳐진 기름진 초지를
다시금 눈여겨 살피기 시작하였다. 다음 순간 그는 움켜 잡은 그 두 손을
높이 높이 추켜들면서,

　　"아, 땅! ……아, 땅! ……"
　　하고 웨쳤다. ……77)

　오매에도 그리던 이 같은 만주 땅은, 박천수와 같은 이주민들에게는
절실한 삶의 수요이자 안식처이며, 삶의 희망이었다. 이와 같은 주관적
수요와 사회의 필요에 의한 淸정부의 강경정책·회유정책은, 조선의 만
주 이주민들을 마치 입양아와 같은 신세로 전락시켜, 만주 땅에 정착하
지 않으면 안 되게끔 만들었으며, 이러한 정착은 이주민들에게 있어서
는 눈치살이로 살아가야 함을 뜻했다. 이렇게 성장 발전한 만주 정착
이주민들의 의식은, 객관적으로나 주관적으로나, 모두 그 원인을 찾을
수 있는데, 그것은 그 당시에 엄존하던 현실이었던 것이었다.
　만주 정착민들의 이런 의식은, 한동안의 정착과정을 거쳐, 삶의 희망
이 보이는 '만주'라는 제2의 고향에서, 점차 역사의식으로 발전되어 갔
다. 물 좋고 살기 좋은 만주 땅, 그리고 淸정부의 강경정책과 회유정책
은, 그들의 삶에 희망을 주었고, 안식처가 되어주었다. 母國에 대한 그
리움은 남아 있지만, 별다른 불편 없이 살고 있는 만주 땅에서의 정착
의식, 처음에는 눈치살이로 살아가던 이주민들이, 개척과 투쟁을 통하
여 자기 위치를 당당하게 차지할 수 있는 하나의 민족으로 되어, 중국
내의 소수민족으로서는 보기 드물게 '역사의 한 페이지를 장식할 만한'
토대를 마련하였다. 따라서 祖國인 歸鄕意識은는, 점차 歷史意識으로

---

77) 이근전, 앞의 책, pp.8－9.

바뀐다. 同心圓意識을 갖고 있는 一世代에 있어서, 祖國인 고향은 대를 이어 내려오면서 祖國이 아닌 故國으로 되어, 고향은 있어도 돌아갈 수 없는 '有家難歸'의 비극적인 歷史意識으로 남게 되었다.

2) 二世代 이심원적 民族意識

앞의 장에서도 논지했다시피, 조선의 만주 이주민들의 고향의식을 고찰해봤지만, 그 고향의식은 자아의 정체성을 찾아야 한다는 '民族意識'으로 승화됨을 볼 수 있다.

≪北原≫(1944) · ≪싹트는 대지≫(1942) · ≪在滿朝鮮詩人集≫(1942) 등의 작품에 나타난 것과 같이, 이근전 작품에서도 '一世代 移民民族文學'은, 주요하게 현실생활과 사회문제, 그리고 실향의 상처가 고향의식의 문학에 투영되었다. 뿐만 아니라, '離心圓的 二世代 定着民文學'도, 이미 자리 잡은 제2의 고향이라는 땅에서 기반을 닦아, 삶의 안식처를 마련하면서 만주의 농촌지역을 중심으로 확대되었고, 새로운 민족 공동체를 만들어냄으로써, 민족의식과 그 정체성을 유지하는 데에 일정한 성과를 거두었다.

이 과정에서 겪는 '離心圓的 二世代의 行爲'는, 그들의 선조인 移民 一世代들이 온갖 고난과 투쟁을 겪으면서 고향을 잃었으니, 제2의 고향이라도 지켜야겠다는 일념으로, 즉 살 곳을 빼앗기고 쫓겨났으니, 그곳을 다시 찾아야겠다는 '故鄕回歸意志'로 나타나는데, 이것은 인간 행위의 자연스러운 반응이었다. 이 반응이 행동으로 나타난 것이, 간도를 중심으로 일어났던 적극적인 삶의 자세, 곧 항일과 광복운동이며, 정신적으로 승화되어 구체화된 것이, 이근전의 소설 <고난의 년대>와 같은 작품인 것이다.

작가는, 박윤민 등 '離心圓的 二世代'의 意識을 통하여 제2의 고향을 지켜야 한다는 강렬한 '民衆 啓蒙 思想'과 意識을 표현하고 있는

데, 그것은 작가의 끈질긴 민중·민족·계몽의 사상을 집중적으로 대변해주고 있다고 해야 할 것이다.

삶을 위해 싸우는 투쟁은 1세대에서도 나타나는데, 1세대인 박천수가 오영길의 행위에 복수하기 위해 마을 사람들을 선동하며, 밤에 귀신극까지 벌여가며 오영길을 혼내주고, 또 그의 집에 불을 질러 그를 마을에서 쫓아낸다.

그동안 억눌려왔던 민중들이 일어서서 그들의 힘을 보여주게 되어 자신감은 얻었으나, 올바른 지도 없는 농민들의 자연발생적 투쟁이 지니는 한계 때문에, 결국은 지속된 투쟁으로 이어지지 못하여 참가했던 주도자들은 옥에 갇히고 만다. 이 지속적인 반제·반봉건 투쟁의 과정에서 박천수는 세상을 떠난다. 그들의 이와 같은 투쟁이 삶을 위한 자연적인 발로였다면, 2세대 박윤민 등에서 나타나는 투쟁은, 계몽적인 사상의 결과였다. 물론, 그들에게 처음부터 계몽적인 사상이 있었던 것은 아니다. 다만, 민족의 해방과 생존을 위해 투쟁하지 않으면 안 되며, 이러한 투쟁의 밑바탕에 계몽적인 교육이 필요하다는 것을 뼈저리게 인식하였던 것이다. 박윤민은 비참하게 살아온 아버지의 인생을 대물림받지 않기 위해, 어려서부터 역사와 사회에 대한 교육을 받아 왔고, 혁명에 대하여 충분한 이해를 하게 되었으며, 위선적인 현실에 대해 식별할 수 있는 능력을 키워왔다.

때는, '5·4 운동'이 한창 고조 단계에 처하여 있고, 따라서 간도에서는 '3·13 폭란'과 하얼빈역에서의 이등박문 저격사건 등이 일어났는데, 반일·반제국주의에 대한 운동이 최고조를 이룰 때여서, 이주민들은 물론, 滿人, 漢人 할 것 없이 일본 제국주의의 침략을 반대하지 않는 사람이 없었다. 뿐만 아니라, 龍井은 이주민들이 집중적으로 사는 곳으로, 반일정서가 제일 높았던 곳이기도 하였다.

박윤민도, 재빨리 반제운동의 홍수 속에 휘말려 들어가게 되는데, 그는 "생활이란 그저 두더지처럼 부지런하게 땅을 뚜지고 낟알을 퍼넣기

만 하면 땅은 또 의례 곡식을 자래워 주는 것으로 여겼다"고 여기던
데로부터 "지금 관청이라는 게 어떤 것인 줄 모르시는지요? 한마디로
리치(理致)가 당당해도 돈이 없으면 발을 들여놓지 말라는 곳입니다.
그러니 모두 부자들을 위하고 권세자들을 위한 관청이지요. ……"에 이
르기까지, 사회본질에 대한 투철한 이해와 예리한 시각으로 분석할 수
있는 진보적인 인물로 성장한다. 하지만, 그는 아직 공산주의자는 아니
었다. 그의 사상은, 단순히 사회 불합리에 대한 불만과 농민들의 생존
권리를 위한 투쟁의 합법칙성을 긍정하는 데 머물러 있을 뿐이다.

나중에, 그는 한 愛國志士의 지도와 도움으로, 반일·반제국주의에
대한 사상을 계몽 받는다.

> 난 한동안 용정에 남아 있으려오. 그리고 어느 학교이건 합당한 학교에
> 들어가서 교편을 잡고 우리의 그런 생각을 학생들에게 널리 주입시킬 결
> 심이요. 한마디로 우리의 큰 뜻을 이룩하려면 단지 몇몇 사람들의 선지
> 선각(先知先覺)만으로는 안 되고 수천수만의 민중들이 그 도리를 깨닫고
> 일떠나야 하기 때문이요. 그러니 우리는 일후 그 벗들과 상의해서 그들로
> 하여금 더욱 많은 벗들을 사귐으로써 그들이 또 이 도리를 널리 선전하게
> 끔 힘써야 하겠소. 이렇게 한다면 도리는 점차 더욱 많은 사람들에게 파
> 급되리라 믿소.78)

우선 달라진 점은, 당시 사회의 근본적인 본질과 사회발전의 필연적
인 법칙성에 대해 보다 심각한 인식을 가져왔고, 투쟁의 목표와 방향이
명확해지고, 승리에 대한 굳은 신심을 가지게 된다는 것이다. 그는, 실
제로 학교에서 반일애국의 도리를 역설하는 한편, 배움을 게을리 하지
말고 나라의 믿음직한 기둥이 되어, 국가와 민족의 생사존망을 위해 군
사훈련을 해야 하며, 나라와 민족을 위하여 싸워야 한다고 학생들을 교

---

78) 이근전, <고난의 년대> 3, 1988, p.69.

육했다. 박윤민은 이와 같은 도리로 학생들을 배양하였는데, 이런 학교들은 나중에 반일 애국 사상 전파의 중심이 되어, 수많은 애국투사들을 배출하였다. 그는 이런 사회 역사 환경에서, 지식만이 민족을 구하고 나라를 구할 수 있다고 역설하는 전형적인 애국지사의 모습으로 묘사된다.

이 외에도, 많은 愛國志士들이 등장하는데, 소작농을 착취하면서 자신의 이익만을 챙기는 비인간적인 아버지의 집에서 뛰쳐나와, 고난을 겪는 민중들을 위해 일해야겠다고 결심하는 오영길의 딸 오순희, 의병단 두령의 딸이었다가, 집안이 몰락한 후 기생생활을 하면서도 적의 정보를 항일 유격대에 넘겨주는 활동을 하다가 죽어가는 김벽선, 중국인이면서도 우리 민족과 같이 '항일 민족 해방운동'을 전개하는 왕주, 남편과 아들을 전선에 내보내면서도 꿋꿋하게 살아나가는 박천수의 아내 김성녀, 애국적 자본가인 최명준 등이다. 특히, 지주 오영길에게 강간당하고 뛰쳐나와 산에 들어가서 항일 유격 활동을 하는 소작농의 딸 김영심의 복수는, 한 개인적 투쟁이 아니라, 민족의 대변인으로 되는 전형적인 인물이다.

결과적으로, 박윤민 등 2세대의 진보적인 인물들은, 그 비극적인 삶 속에 단순한 실향의 개념만이 있는 것이 아니라, 부패한 조선왕조에 의해 나라를 잃은 민족의 비극적인 운명이 存在함을 負感하며, 또한 무지한 오영길과 같은 지주 마름을 증오만 할 것이 아니라, 일제하의 부조리한 사회제도를 뒤엎어야만 민족을 구할 수 있고, 압박받고 착취당하는 민중을 해방할 수 있다는 도리를 알게 된다. 이로써, 1세대에서는 단순히 고향의식으로 표현되던 것이, 2세대에서는 '나라를 구해야 한다'는 민족의식으로 발전하게 된 歸結이다.

당시 유행하던 '滿洲 出征歌'에는 이런 내용이 있다.

멀고 어두운 세월이 흘러

산하의 이름없는 풀꽃도 잊었노라
내 조국산천을 등지고 건너온 압록강
북풍을 거슬러 떠나는 길 목메어 부르는 불망의 조국
이 목숨 다바쳐 싸우리라 해방의 해방의 그날까지
총칼을 들고 나가리라 해방의 해방의 그날까지.[79]

이 노래는, 전체 작품의 주제 사상을 가장 잘 압축하여 보여준 예이다.

---

79) 이근전, <고난의 년대>, 세계도서출판, 뒤표지 발문, 1988.

4

결 론

위에서, 필자는 이근전의 작품 속에 나타난 고향의식들을 고찰해보았다. 본론에서는, 횡축을 이루고 있는 1세대 박천수와 오영길의 형상을 통하여, 이주부터 정착과정에 이르기까지 그들이 자연과 이민족 간의 싸움에서, 그리고 삶을 구축하면서 나타나는 고향의식의 양상과 그 전개과정을 발견하게 된다. 따라서 이러한 多面의 의식들은, 종축을 이루고 있는 박천수·박윤민 세대에 와서, 즉 2세대에 들어서면서 단순한 '고향의식'이 '민족의식'으로, '정착의식'은 '역사의식'으로 점차 승화되어 가는 것을 볼 수 있었다.

작가 이근전은, 박천수 일가와 같은 전형을 내세워, 개척민들의 근면한 노동과 투쟁의 역사를 기록하였으며, 우리 민족의 개척 정신과 위대한 생명력을 표출하였다. 한마디로 오늘날 우리 민족의 역사는, 바로 그들의 이러한 적극적인 삶의 자세와 개척정신, 또한 자의식을 키워온 결과이며, 더불어 우리 조선민족이 중국에서 든든히 자리를 잡을 수 있었던 것도, 그들의 피와 땀이 일궈놓은 역사 때문이라고 할 수 있다. 이것이 바로, 이주민들이 땀과 눈물, 그리고 피로 가꿔온 중국에서의 '우리 민족정체성'이라고 본다. 그런 의미에서, 박천수 일가의 문학적 형상성은, 바로 우리 민족의 개척과 창조의 역사적 전형이라고 할 수 있다.

물론, 작품 <고난의 년대>가 아직도 전 시기의 창작 패턴에서 완전히 탈피하지 못하고, 인물 형상 창조에서 지나치게 마르크스-주의·유물사관에 의존하고 있는 데서, 다시 말하면 그런 논리적 선입견에 의한 인물의 성격과 인간관계가 이루어지는 데서, 인물의 유형화와 도식화의 흔적이 짙게 드러나고, 전형적인 인물의 단순성과 인위적인 표면성을 면치 못하는 아쉬움으로 나타났다. 하지만, 조선족의 이주사를 처음으로 작품화하였다는 점에서, 또한 이러한 상기 서술된 모든 내용들의 총체적인 국면, 즉 조선족 소설사에서 甚大한 의미를 가진다고 할 수 있다. 중국의 정치에만 귀속되고, 중국문학의 뒤만을 따르고 배우며 모방하던 양상이 허물어지면서, 중국문학과 일정한 관계를 유지하면서도 그 흐름과는 별도로, 조선족 자체의 문학적 특징을 나타낼 수 있었다는 데에 '綜合的이고 最終的이며 包括的인 意義'가 있다고 하겠다. 그리고 이주사의 문학적 재현은, 조선문학이나 한국문학에서도 볼 수 없는 것으로서, 세계 한인문학의 범위에서도, 조선족만이 갖고 있는 특수한 문학현상으로 자리 잡게 되었다. 따라서 조선족 이주사를 재현한 문학은, 해외동포 문화권에서뿐만 아니라, 세계 한인 문화권에서도 매우 큰 의의를 지닌다고 하겠다.

제 5 부

조선족문학의 삶과
민간문학

| 이근전의 〈고난의 년대〉를 중심으로 |

1

조선족의 이주 및 삶

중국조선족은 티베트족이나 신강위글족 등 중국의 다른 소수민족들처럼 토박이들이 아니라 과경이주민족이다. 외부에 모국이 별도로 있다는 말이 되겠다.

중국조선족의 이주역사에 대해서는 17세기 기원설, 19세기 기원설 등 여러 설이 있지만 대량 이주 및 확고한 정착의 시작은 그래도 19세기 중엽부터로 보아야 할 줄로 안다. 그러면 중국조선족 이주 및 삶의 역사는 자그마치 150년을 헤아리게 된다. 물론 1620년부터 1677년 명말 청초시기 청조 통치세력에 의한 '강제이민'이 있었다. 이 시기에 이러저러한 원인으로 하여 동북으로 이주한 조선인도 일부 있었겠지만 절대다수의 이주민들은 1619년에 명조를 지원하여 후금의 누르하치군대를 치기 위해 파견된 1만 2,000여 명의 조선조군대가 후금과의 전쟁에서 패한 후 살아남은 수천 명에 달하는 군사들과 청조군대가 2차에 걸쳐 조선을 침략했을 때 즉 1627년에 '정묘호란(丁卯胡亂)'과 1636년의 '병자호란(丙子胡亂)' 때 납치되어 간 수만 명의 조선군대와 백성이다. 이들의 일부분은 강제로 청조 팔기군에 편입되고 대부분은 청조 왕공귀족들의 전리품으로 되어 농노 혹은 뽀이(包衣, 가내노예)로 전락되었다. 이 시기 조선인들이 중국의 개혁개방 후 '박씨촌'[80)]이라는 중국조선족의 모습으로 나타났다고는 하나 거의 동화된 상태를 면할 수 없었다.

청조는 관내로 들어가 정권을 잡은 후 동북지구에 대해 '봉금정책'을 실시했는데 압록강과 두만강 이북지역에서 백성들의 거주, 경작을 일률로 엄금하였다. 그리고 조선조에서도 강경한 '쇄국령'을 실시하여 월경(越境)을 엄금했다. 그러나 기아에 허덕이는 관내의 한족(漢族) 파산농민들이 가만히 동북에 들어오는 외에 빈궁에 시달리던 조선북부의 농민들도 살길을 찾아 목숨을 건 불법월경을 하여 깊은 산속에 숨어서 부대기농사를 하거나 만족이나 한족 부자들 집에서 고공살이를 하면서 점차 정착하였다. 그러다가 1840년 이후에 청조의 봉금이 해이해지고 조선북부에 자연재해가 심하게 들어 살아가기 어렵게 되자 빈곤한 농민들이 대량으로 압록강, 두만강 북안에 자리 잡았고 많은 촌락을 이루었다. 이른바 '범월잠입(犯越潛入)'을 한 시기로 볼 수 있다.

그러다가 청조는 1875년 동변도지역의 간황지에서 이미 수십만 한족 이민들이 정착한 기정사실을 승인한 동시에 일찍부터 이곳에 이주하여 거주하고 경작하는 조선빈민들에 대해서도 묵인하는 정책을 폈다. 그리하여 조선북부의 주민들이 동변도지역에 앞 다투어 모여들었다. 다른 한편 청정부는 차르 러시아의 침략을 방지하기 위하여 1881년 두만강 북안 즉 지금의 연변일대에 대한 봉금정책을 취소하고 '이민실변(移民實邊)' 정책을 실시하였다. 그러면서 '치발역복(雉發易服)'의 민족동화 정책을 실시했다. 청정부는 연변을 개간하고 지방 재정수입을 늘여 군대의 양식문제를 해결하려는 목적으로 훈춘에 초간총국을 세우고 많은 이주민을 받아들였다. 특히 1885년 연변을 조선이주민들의 '전문개간지역'으로 확정함으로써 많은 조선이주민들이 연변으로 모여들었다. 이로부터 연변이 점차 조선인 집거지역으로 되었다. 1894년의 통계에 따르면 당시 두만강 북안 4개 보에만 해도 5,990세대의 조선족이 정착하여 살았다. 1897년의 통계에 따르면 당시 동변도일대의 조선이주민 수는

---

80) 中國 河北省靑龍縣, 遼寧省盖縣, 本溪縣山城子鄕의 박씨들이 만족 혹은 漢族으로 되어 있던 族籍을 중국조선족으로 바꾸었다.

3만 7,000여 명이나 되었다. 이른바 '이민초간(移民招懇)'을 한 시기로 볼 수 있다.

　1910년에 일제가 조선을 병탄한 후 일제의 '환위이민(換位移民)' 정책으로 말미암아 파산된 조선농민과 '망국노'가 되기를 원치 않는 조선인들이 대량으로 동북에 들어왔다. 이 시기는 전 시기에 비해 이민계층 면에서 일반 서민뿐만 아니라 양반, 관리들을 포함한 각양 각층의 사람들이 포함된다. 특히 독립운동가, 투사들이 돋보인다. 일종 정치망명, 투쟁의 색채가 진하다. 지역적으로 놓고 보아도 동북뿐만 아니라 관내로 진출한 특색을 보이고 있다. 통계에 따르면 1922년 동북의 조선인 수는 51만 5,865명이나 되었다. 이른바 '자유이민'을 한 시기로 볼 수 있다.

　1915년 일제는 강박적으로 중국정부와 '21개 조약'을 체결한 후 동북의 조선민족에 대해 '통제-이용정책'을 실시하면서 '치외법권'을 떠들어댔다. 그리하여 중국정부에서는 일제가 '조선인보호'를 구실로 영토주권을 침범하는 것을 방지하기 위하여 조선이주민들에게 귀화 입적할 것을 강요함과 동시에 '박해-구축정책'을 실시하면서 조선이주민을 제한하고 이미 정착한 조선이주민들에 한해서도 박해를 가하고 구축하였다. 중국정부의 이런 정책의 실시는 1927년에 고조를 이루어 수많은 조선이주민들이 이미 개척한 땅을 버리고 조선으로 돌아가거나 북만지역으로 이사하여 갔다. 통계에 따르면 1931년 동북조선민족인구는 63만 982명으로서 그 증가폭도가 크게 감소되었다. 이른바 '이민제한'을 한 시기로 볼 수 있다.

　1931년 '9·18'사변 후 일제는 동북에서 자기들의 식민통치가 아직 안정되지 못한 상황에 비추어 이미 이주한 조선인들에 대해 '통제-안정정책'을 실시하는 동시에 '집단이민' 사업준비를 다그치면서 새 이주민은 조선총독부의 '이주민증'을 휴대하게 하고 이주 후에는 집단부락에 집중시키기로 하였다. 그리하여 1936년에 이르러 동북의 조선인 수는

85만 4,411명에 달하였다. 이른바 '이민통치'를 한 시기로 볼 수 있다.

동북에서의 자기들의 식민통치가 비교적 튼튼히 확립되었다고 인정한 일제는 1937년 본격적으로 중국침략전쟁을 도발하였다. 이로부터 동북을 대륙침략의 병참기지로 건설하기 위하여 이민정책을 '3대국책'의 하나로 삼았다. 일제는 20년 동안에 일본이민 100만 세대를 중국에 이주시키되 그 보조적 수단으로 해마다 조선인이민 1만 세대를 이주시킴으로써 동북의 '토지개발'에 투입시키려고 하였다. 이런 정책의 실시로 연변과 동변도, 길장 및 북만지역의 39개 현에 대량의 조선인이 이주하게 되었는데 1939년에 동북의 조선인 수는 106만 5,528명이나 되었다. 이른바 '집단이민'을 한 시기로 볼 수 있다.

1941년 '태평양전쟁'을 도발한 일제는 날로 급증하는 침략전쟁의 수요를 만족시키기 위하여 새 농지조성계획을 실시하면서 조선이주민도 '개척단이민'으로 북만과 서만지역으로 강제로 이주시켰다. 그리하여 1945년 광복 직전까지 중국의 조선인 수는 도합 215만 명에 달하였다. 이른바 '개척이민'을 한 시기로 볼 수 있다.

1945년 8월, 광복 후 많은 조선인들이 한반도로 돌아갔다. 돌아가고 남은 조선인들이 현재 중국조선족으로 정착하기 시작했다. 이 시기 중국조선족의 리더십들은 중국공산당계통이고 일반 서민들도 공산당을 옹호하고 따랐다. 토지개혁, 민족정책, 국내혁명전쟁에 대한 조선족의 반응은 그 좋은 보기가 되겠다. 1949년에 이르러 중국의 조선인 수는 약 120만 명으로 감소되었다.

1949년 10월, 새 중국의 성립을 중국조선족은 열렬히 환호했다. 그것은 이때로부터 중국조선족은 중국국적을 취득하고 중국소수민족의 한 갈래로서 명실 공히 중국조선족으로 입지를 굳히게 되었기 때문이다. 1952년 연변조선족자치주의 성립은 그것의 확증으로 된다.

새 중국이 성립된 후부터 현재에 이르기까지 중국조선족은 중국의 주요 정치 역사적 흐름에 맞추어 자기의 삶을 영위해 왔으며 희로애락

을 겪어 왔다. 1950년 조선전쟁의 발발과 더불어 중국조선족은 항미원
조 보가위국(抗美援朝保家衛國) 운동에 참가했다. 그 다음 사회주의에
로의 과도시기에 있어서는 농업, 수공업, 공상업에 대한 사회주의개조
에 열심히 동참했다. 연변에서는 1954~1955년 사이에 초급농업생산합
작사를 세우는 고조가 일어났다. 1955년 말~1956년 초부터 본격적으로
고급농업생산합작사에로 이행하기 시작하여 상반년에 거의 완료되었다.
수공업에 있어서는 1953년부터 1955년까지 중점적 시험단계로부터 전
면적 발전단계로 들어서고 1956년 봄 농업합작화 고조의 영향과 추동
하에 짧은 한 달 어간에 업종과 지역에 따라 수공업합작화를 전면적으
로 실현했다. 이와 동시에 공상업에 대한 사회주의개조도 공사합영, 합
작상점 등 형식을 통해 1956년에 완성되었다. 중국조선족의 수난기인
전면적인 사회주의건설시기에는 좌적인 대약진운동과 더불어 지방민족
주의를 반대하는 정풍운동까지 거쳐 자치구역확장론, 민족우월론, 민족
특수론, 민족동화론, 다조국론 등을 비판한 후 1958년 9월 자치주 창립
6주년을 계기로 한어(漢語)학습 열조를 일으키고 민족언어 순결화를
비판하는 데로 넘어갔다. 이런 중국조선족의 수난은 '문화대혁명'시기
에 극에 달하였다. 연변에는 8·27 혁명반란단, 홍색반란파 등 반란파들
이 무어졌는데, 총싸움까지 하는 유혈사건이 발생했다. 문화대혁명시기
극좌적인 계급대오 정리운동 과정에 연변의 많은 조선족들이 반역자, 외
국간첩, 지하국민당 등 감투를 쓰고 맞아 죽거나 고생을 당했다.

1978년 중국공산당 11기3중전회의 개최에 따른 개혁개방 방침과 더
불어 민족정책이 제대로 집행되면서 연변에서는 많은 억울한 누명을
썼던 조선족들이 해방을 받았고 경제, 교육, 문화 모든 면에서 새로운
면모가 나타나기 시작했다. 중국조선족들은 호도거리책임제, 개인창업,
제3산업 붐 등 개혁개방 변화에 발 빠른 대응을 했다. 이로부터 韓민
족의 전통적인 음식인 김치, 냉면, 불고기가 중국대륙에 쫙 퍼졌다.
1990년대에 들어서 중국조선족은 중국의 본격적인 시장경제체제의 가

동과 더불어 관내를 비롯한 국내는 더 말할 것도 없이 국경을 넘나드는 국제 장사 내지는 무역도 활발히 진행하고 있다. 한국을 비롯한 외국자본 유치에도 크게 성공하고 있다. 특히 두만강하류 금삼각구의 개발과 훈춘특구 설정 및 연변에서의 서부개발 혜택 대우 등은 연변조선족 경제의 밝은 등대가 되고 있다. 그리고 문화 면에서 중국조선족 고유의 민족문화를 개발, 발휘하고 있어 정녕 韓민족정체성을 살려나가고 있다.

전반적으로 중국조선족의 이주 및 삶을 볼 때 중국조선족 선인들은 목숨을 건 이주를 통해 청정부가 300여 년간 묵혀둔 황무지에 한전뿐만 아니라 수전을 개발하여 동북을 삶의 터전으로 만드는 데 마멸할 수 없는 공헌을 했다. 동북의 한랭기후에도 불구하고 벼농사를 성공시키고 보급시킨 것은 중국조선족 선인들의 쾌거이다.

그리고 항일투쟁시기, 중국의 국내혁명전쟁시기 등 역대의 혁명투쟁시기 중국조선족 선인들은 굴함 없는 투쟁을 해왔다. 1910년 조선조의 망국과 더불어 중국조선족 선인들은 항일독립투쟁에 나섰다. 1910~1920년대 민족주의 계통의 항일투쟁, 이를테면 3·13 반일대시위, 15만탈취사건, 신흥무관학교, 청산리, 봉오동전투 등은 그 보기가 되겠다. 1930년대부터 광복 전까지는 주로 공산주의 계통의 항일투쟁에 나섰다. 중국공산당이 이끄는 동북항일연군 속에는 중국조선족 선인들이 절대다수를 차지했다. 이 외에 관내에서도 조선의용군을 비롯해 중국조선족 선인들이 활약했다. 당시 용정은 중국조선족 선인들의 정치, 경제, 문화의 중심지로서 조선인의 반일학교만 해도 수십 개나 되었다. 연길감옥, 연길폭탄 등은 중국조선족 선인들의 항일투쟁의 생생한 증거물들이다. 광복 후 중국국내혁명전쟁시기 중국조선족 선인들은 중국공산당의 주위에 뭉쳐 동북근거지를 굳건히 지켜냈으며 토지개혁에 호응하여 생산량을 증대하고 전 중국 해방을 위한 제반 운동에 용약 참가함으로써 새 중국 탄생에 많은 공헌을 했다. 참군원군열조, 토비숙청, 해남도 전역까지 진출 등은 그 보기로 되겠다. 이로부터 중국조선족은 혁명성,

투쟁성이 강한 민족으로 정평이 나 있다.

중국조선족은 교육을 중시하는 민족으로서도 정평이 나 있다. 광복 전 그 어려운 여건 속에서도 중국조선족 선인들은 꿋꿋하게 민족교육을 꾸려왔으며 새 중국이 들어선 후에는 중국공산당의 민족정책하에 초등학교로부터 대학교에 이르기까지 완비한 민족교육 체계를 갖췄으며 전국에서 가장 먼저 문맹퇴치를 하고 고학력자가 가장 많은 소수민족으로 되었다. 광복 전 중국조선족 선인들에게는 '교육구국'의 이념이 강했다면 현재 중국조선족들에게는 교육을 통해 '우리 말, 우리 글, 우리 문화'를 지키는 민족성 확보도 있겠지만 교육을 받은 똑똑함으로 보다 잘 살아남으려는 몸부림도 보인다. 중국의 고등교육 개혁조치에 따라 연변 6개 대학 통합 및 연변대학의 100개 대학에로의 진출 등은 일대 쾌거가 아닐 수 없다.

그리고 중국조선족은 문예체능 면에서도 중국에서 줄곧 선두주자로 군림해왔다. 전국문예경연에서 쩍하면 1등의 영예를 안아왔고 축구, 스케이트 등 체육경기에서도 한 시기 전국을 휩쓸었다. 얼마 전까지만 해도 전일색 중국조선족으로 구성된 한국 최은택 감독이 이끈 오동축구팀의 활약은 그 전형적인 한 보기가 되겠다.

이 외에 중국조선족들 속에서는 정치, 군사, 과학가, 문학예술가들도 많이 나타났다. 조남기 장군, 강경산 원사, 이상영 연구원, 안태산 교수, 김일광 교수, 김학철 작가는 그 훌륭한 대표인물로 된다.

현재 중국의 200여만 조선족은 중공공산당의 민족정책하에 떳떳이 살아가고 있으며 한반도를 비롯한 국제적인 교류 속에서 멋지게 살아가고 있다. 그러나 많은 문제점도 안고 있다. 무엇보다 1990년에 들어서서부터 절대적인 마이너스 인구성장이 가장 큰 문제이다. 그리고 연변을 비롯한 동북3성에 대체로 한반도를 맨 끝에서부터 뒤엎어 도별로 집거하도록 부려놓은 형국이던 것이 개방의 바람에 많이들 관내로, 국외로 나가면서 중국조선족 집거구가 파괴되는 실정이다. 이에 따라 중국조선족 학교도 학생이 고갈되는 위기를 맞아 문을 닫는 경우가 많다. 중국조선족에게는 새로운 도약을 위한 재정립이 필요하기도 하다.

2

중국조선족 설화의 수집 및 연구현황

1) 수집현황

위에서 살펴보았다시피 중국조선족은 이주(移住)민족으로서 그 문화의 뿌리는 한반도에 있다. 그들은 조종(祖宗)의 나라인 한반도에서부터 지니고 온 韓민족 고유의 전통문화의 기초 위에서 새로운 삶의 터전을 마련하고 자신들의 독특한 문화를 꽃피웠던 것이다. 중국조선족 설화는 그 한 보기로 되겠다. 중국조선족은 전래의 많은 설화들을 향유하고 있을 뿐만 아니라 많은 설화들을 독특하게 창조하여 정신적 삶의 윤활유가 되게 하였다. 옛이야기, 그것은 중국조선족에게 있어 처음부터 삶의 방편이었는지도 모른다. '옛날 옛적에……'로 시작되는 두고 온 고향의 이야기를 들으면서 짓궂게 갈마드는 향수를 달랬을 것이고 개척의 새로운 향토전설을 만들어내면서 억척스럽게 삶의 터전을 마련했을 것이다.

1949년 중화인민공화국이 들어서고 중국조선족이 확고한 정치적, 경제적 지위를 획득한 후 장기간에 걸친 좌파적 편향 때문에 조성된 따분한 생활 속에서 웃음꽃을 피울 수 있었던 것도 바로 이 옛이야기의 덕택일 것이다. 이런 옛이야기들은 중국조선족들의 무의식적 심층에 민족의 원형질로 남아 수시로 분출구를 찾고 정체성을 확보하고 지키는 효자 노릇을 톡톡히 했을 것이다. 한국의 입장에서 볼 때, 현재 해외동

포 500여만 중에 중국조선족만이 우리말, 우리글을 지키며 끈끈한 민족
적 정체성을 확보할 수 있었던 것도 이 설화와 무관하지 않다.

중국조선족 설화란 설화의 일반적인 분류법에 따른 신화, 전설, 민담
은 더 말할 것도 없고, 허구적 요소가 가미되면서 설화화되고 있는 實
話, 그리고 근간에 많이 나돌고 있는 世間話 등을 포함한 넓은 의미의
구비문학을 가리킨다. 그것은 최초의 '쪽박에 담아온 이입형'으로부터
토착형, 반도형으로부터 대륙형, 단일민족형으로부터 다민족형으로 바
뀌는 특성과 풍성함을 보이고 있다. 중국조선족 설화에 대한 수집은 중
국조선족의 삶이 중국 근대, 현대 정치상황에 많이 좌지우지되어 왔듯
이 역시 그것에 많이 좌지우지되어 왔다. 그럼 아래에 중국조선족 설화
의 생성기, 발전기, 좌절기, 성숙기[81]라는 변화발전에 따라 그 수집상
황을 살펴보도록 하자.

(1) 생성기 수집상황

이 시기는 중국조선족이 19세기 중엽 이주하기 시작해서부터 1949년
중화인민공화국 성립 전까지가 해당된다.

생성기에 있어서 중국조선족 설화의 수집 정리 및 출판 상황을 보면
한산한 국면을 면하지 못하고 있다. 이것은 당시 시대적 상황 및 중국
조선족의 삶의 여건으로 놓고 볼 때 필연적인 결과이기도 하다.

최초로 중국조선족 설화를 수록한 문헌자료로는 『장백산강강지약(長白
山江崗志略)』을 꼽을 수 있다.[82] 이 지방지(地方誌)에는 20세기 초에 길

---

81) 『中國 朝鮮族說話의 綜合적 硏究』(禹尙烈, 국학자료원 2002)에서 제기한 논
   법에 따르도록 한다.
82) 김동훈 교수를 비롯한 중국조선족학계에서는 중국조선족 설화를 수록한 최초
   의 문헌자료로 이보다 일찍 나온 러시아의 가린·미하일롭스키가 수집 출판한
   『조선민담집』을 꼽고 있다. 필자는 이와 견해를 좀 달리하고 있다. 그것은 우
   선 수집자 가린·미하일롭스키의 백두산탐험 코스를 보면 주로 북부조선 변강
   쪽이고, 다음 수집자 자신도 분명 조선의 설화를 수집한다는 의식하에서 수집
   을 진행한 만큼 국경선을 염두에 두지 않았을 리가 없었기 때문이다. 그가 책

림성 안도지현(安圖知縣)으로 있던 문학 수양이 높은 한족(漢族) 관리 유건봉(劉建封)이 1908년에 한 달 남짓한 동안 백두산지역을 답사하면서 수집한 140여 편에 달하는 전설들이 계통적으로 수록되어 있다. 이 가운데 명확하게 「韓人」의 구술이라고 밝힌 것이 약 20편가량 된다. 이로부터 놓고 볼 때, 『장백산강강지약』은 백두산 관계 중국조선족 전설들을 연구함에 있어서 무시할 수 없는 중요한 자료가 되고 있다.

다음으로 1914년 북간도 연길현에서 등사본으로 발행한 『초등소학수신서(初等小學修身書)』를 꼽을 수 있다. 이 수신교과서는 이동휘(李東輝)의 지도하에 계봉우(桂逢禹) 등 계몽교육가들이 항일 민족의식을 고취하기 위하여 편찬한 것이라고 한다. 이 교과서는 60과(課)로 구성되어 있는데 교훈적인 전래 우화나 설화가 30%를 차지한다. 그런데 이런 우화나 설화는 대개 편폭이 짧은 간소화된 것으로 그 전모를 보아내기에는 힘들다.

이 외에 1930년대에 들어서 간도지역에 ≪북향≫, ≪카톨릭소년≫, 『만선일보』등 문학지와 신문들이 발간되면서, 구전동화나 민담들이 가끔 간행물에 실리곤 하였다. 당시 설화에 관심이 있었던 분들로는 송창일, 이구조, 노향근을 들 수 있다. 이 밖에 일제 총독부의 검열을 거쳐 간도지역에서 발행된 초등학교 『조선어독본』에도 <떡보의 이야기> 등 전래 설화들이 여려 편 실렸다. 동화집 ≪놀고먹던 꿀꿀이≫는 항일무장투쟁 초기 길림소년회의 명의로 간행되었다.

전반적으로 놓고 볼 때 모든 여건이 여의치 못한 생성기에 있어서 중국조선족 설화는 단편적이고 산발적이나마 그 생성의 싹수를 여실히 드러냈다. 물론 그것은 아직 전문적인 구술자도 없고 목적의식적인 채

제목을 『조선민담집』으로 한 것은 바로 이 점을 잘 말해주고 있다. 러시아어로 된 원작을 1988년에 한국 「창작과비평사」에서 『백두산민담』이란 이름으로 번역 출판하면서 여기에 수록된 설화들을 조선 북부지역 설화로 단정했는데, 필자는 이 견해에 동감하는 바이다.

록자도 없을 뿐만 아니라 조선족 설화 자체의 개념 정립 및 특성 등에 관한 논의는 더구나 없는 초기단계의 면모를 나타내고 있다.

(2) 발전기 수집상황

이 시기는 1949년 중화인민공화국의 성립으로부터 1966년 '문화대혁명' 발발 전까지가 해당된다. 이른바 1949년 새 중국 및 1952년 연변 조선족자치주의 성립과 더불어 조성된 새로운 사회적 환경과 여건은 중국조선족 설화가 개화, 발전할 수 있는 충분한 바탕을 마련해 주었다. 이때부터 중국조선족 설화는 그 자체의 가치를 인정받으면서 사회 여러 계층의 중시를 받기 시작했다. 이로부터 중국조선족 설화 구술자와 채록자들은 더없는 감격을 느끼게 되었으며 일종 신성한 의무감을 느끼게 되었다.

당시 사회의 일각에서는 옛날이야기 같은 것은 점잖은 사람들이 입에 올리지 못할 시시껄렁한 일로 간주하였다. 이를테면 일부 몰지각한 사람들은 옛날이야기를 한낱 '실없쟁이의 심심풀이'거나 '술집에서의 한담'으로 간주했다. 그럼에도 불구하고 주덕해, 최채를 비롯한 당시 민족심이 강한 연변조선족자치주의 지도간부들은 구비문학 수집정리사업에 대해 각별히 중시할 것을 각급 문학예술단체에 촉구했다.

이로부터 중국조선족 설화 애호가들은 민족문화 보호자라는 자긍심을 갖고 본격적으로 설화채록사업을 추진했다.

중국조선족 설화 발전에 선구자적 업적을 쌓은 분으로는 항일투사 정길운을 꼽을 수 있다.

군인 출신인 정길운은 1952년에 제대하여 연변조선족자치주로 돌아온 후 구비문학 학계의 건설에 몰두했다. 그는 구비문학을 '민족의 아름다운 얼굴과 넋을 찾는' 성스러운 일로 간주하고 김예삼, 김용식, 고자식, 김성민 등 구비문학에 뜻을 둔 인사들을 조직했다. 이로부터 중국조선족 설화의 수집, 정리도 본격적인 궤도에 들어서게 되었다. 이를테면, 1954년부터 잡지 『연변문예』에 정길운이 채록한 중국조선족 설화 <주먹담판>을 비롯하여 김용식의 <장정과중>, 주선우의 <진달래> 등 설화가 연속 발표되었다.

여기에 당시 권위성적인 신문잡지들인 연변 중공당 기관보 『연변일보』(전신은 『동북조선인민일보』)를 비롯한 『연변문예』 등에서 '민족민간문예를 중시하자', '민족민간예술유산의 발굴계승을 위해', '민간문학 발굴사업을 잘하자', '민간구전문학을 연구하는 과업을 정확히 진행하자' 등 일련의 호소성 글들을 내보냄으로써 여론을 조성하고 분위기를 잡았다. 그리고 실제로 이런 신문잡지 지면을 통해 민담응모 작품을 발표함으로써 중국조선족 설화 수집의 기폭제가 되었다.

중국조선족 설화 수집에 있어서 1956년 8월, 중국작가협회 연변분회의 성립과 더불어 연변민간문학위원회의 성립은 하나의 획기적인 사변이었다. 이로부터 중국조선족 설화 수집은 새로운 발전국면을 맞이하게 되었다. 연변민간문학위원회에서는 1956년 11월 훈춘현에서 '제1차 중국조선족 민담대회'를 개최하여 김규찬, 배선녀, 양재태 등 100여 명의 민간연예인들을 발굴해냈다. 이때 배선녀 안노인이 구술한 민담 <백일홍>은 대단한 인기를 얻었다.

1957년 3월 1일부터 연변민간문학위원회는 정기적으로 구비문학작품 수집정리활동을 벌였다. 이번 활동에는 전업 작가 외에 노동자, 농민, 종업원, 경찰, 학생 등 여러 계층 사람들이 망라되었다. 이때 수집된 작품은 10여 편의 중편 내지 장편을 포함하여 근 600편이나 되었다. 이 가운데 양재태 노인이 구술한 민담 「범 잡은 토끼」, 전설 <학자와 샘벌>, 그리고 황백하 노인이 수집 정리한 장편 민담 <화과>가 대단한 인기를 끌었다.

연변민간문학위원회에서는 1957년 7월에 각 현 문화국장, 문화관장, 어문교원, 신문기자, 잡지편집자, 민간예인 등 도합 52명 인원이 참가한 구비문학 연구모임을 조직하였다. 이 모임에서 중국민간문학연구회

비서장 임산이 학술보고를 하였고 원래 중국작가협회 연변분회 산하에 있던 연변민간문학위원회를 중국민간문예연구회 연변분회로 개칭한다고 선포하였다. 그리고 구비문학의 범위, 특징, 채록방법 등 기초지식에 대해 논의했으며 길림지역에서 온 황백하 노인의 수집, 정리 경험을 들었다. 이 모임이 있은 후 연변조선족자치주 문화처, 작가협회와 문예단체에서는 20여 명의 전문가들을 각 현, 향에 파견하여 중견인재를 육성하고 그들로 하여금 수집, 정리 사업을 지도하게 하였다. 그리고 수집, 정리된 설화는 『연변일보』, 『연변소년보』, ≪아리랑≫ 등 신문, 잡지에 계속 발표하고 방송국의 정규 프로그램에 배정하도록 했다.

1960년대에 들어서 신민가운동붐(新民歌運動熱)이 식어지자 재래설화와 전통 민요를 전면적으로 수집하는 붐이 다시 일기 시작했다. 여러 가지 장르의 구전문학 자료들을 가급적이면 많이 수집한다는 '전면적인 수집'으로 나아갔다. 연변민간문예연구회에서는 1960년 12월 연길현 민담대회를 조직한 데 이어 중공연변주위(中共延邊州委)의 지시에 따라 연변대학교 어문학부(현재 조문학부) 교수, 학생들과 함께 세 개의 구비문학 수집 팀을 조직하고 안도, 왕청, 화룡, 연길 등 현으로 파견하여 반년 동안 구전민요, 재래설화와 항일이야기를 수집하였다.

1961년 8월, 연변 민간문예연구회에서는 '소방대가 불 끄러 가'[83]는 그런 속도와 긴박감을 느끼며 종합적인 조사팀을 편성하고 이불 짐을 싸 들고 연변 각지 및 흑룡강성 상지, 오상지구와 요녕성의 심양부근에 내려가 중국조선족 설화에 대한 전면적인 조사와 수집사업을 진행하였다. 이번 조사에서 설화 1500여 편을 수집했는데, 이 중에서 300편을 골라 80만 자에 달하는 ≪조선족민간문학자료집≫ 1, 2집(정길운, 김예삼, 박창묵 편)을 편찬해냈다. 이 자료집에 기초하여 1962년에, <육형제>, <백일홍>, <해란강> 등 중국조선족 설화를 수록한 다민족(多民族)

---

83) 중국 연변조선족자치주 제1임 주장(延邊朝鮮族自治州第一任州長) 주덕해의 말임.

이야기집 ≪인삼처녀≫(연변인민출판사)가 출판되었고 중국조선족의 첫
설화집인 ≪천지의 맑은 물≫(길운 수집정리)이 출판되었으며, 1963년 5
월에 두 번째 설화집인 ≪천도복숭아≫(김예삼 수집정리)가 출판되었다.

이 시기 중국조선족 설화 수집의 위와 같은 기꺼운 국면은 임표, '4
인방(四人邦)' 일당의 작간으로 일어난 '10년 동란'으로 말미암아 커다
란 좌절을 겪었다.

(3) 좌절기 수집상황

이 시기는 1966년부터 1976년까지 10년 '문화대혁명' 시기가 해당된
다. '문화대혁명' 때문에 중국조선족 구비문학 사업은 여지없이 파괴되
었다. 중국조선족 구비문학 사업을 적극적으로 추진하여온 지도자와 구
술자, 수집정리자들이 임표, '4인방' 및 그 추종자들에 의하여 '문예의
검은 선'으로 지목되어 전면적인 탄압을 받았다. 1966년 7월에 연변민
간문예연구회는 해산되고 구비문학가들은 '잡귀신'으로 몰려 농촌에 추
방되거나 연금되어 사상을 심사받았으며, 이미 수집 정리된 수천 편에
달하는 귀중한 자료들이 거의 전부 소각당하였다. 극좌적 노선의 추종
자들은 당시 연변조선족자치주의 지도자 주덕해와 그의 직접적인 지도
밑에서 열렸던 1961년의 '노예인좌담회', 그리고 정길운이 수집, 정리한
민간전설 ≪천수≫를 과녁으로 중국조선족 구비문학 사업을 타격했다.
1969년 7월 29일 『연변일보』에 연격문(延擊文)[84]이라는 이름으로 발표
된 「<민족문화 혈통론>을 철저히 짓부시자」라는 논평은, 민족문화 유
산에 대한 발굴과 수집정리 사업을 '민족문화 혈통론'이라고 내몰았다.
이 논평은 「노예인좌담회」는 '같은 민족, 같은 혈통, 같은 선조, 같은
역사, 같은 감정, 같은 문화'란 간판을 내걸고 민족문화 유산을 구한다
는 구실로 '기생, 무당, 위만경찰, 법사 등등 낡은 사회의 찌꺼기'들을

---

84) 당시 집필소조의 필명임.

긁어모아 몰락하는 봉건주의, 자본주의, 수정주의 등 반동사상을 '대대적으로 선전하였다'는 죄명을 들씌우고 이른바 '반혁명 본질'을 해부해야 한다고 역설하였다. 이로부터 연변 구비문예유산 수집팀이 동북3성의 중국조선족들 속에서 수집, 정리한 460여 편의 설화를 모조리 '검은 책', '검은 작품'이라고 싸잡아 몰아붙였다.

이와 같이 임표, '4인방' 및 그 추종자들은 중국조선족의 구전설화 유산을 전면적으로 부정하고, 자치주 창립 이후 구전설화의 발굴과 수집, 정리 사업에서 거둔 성과를 전면 부정하였다.

(4) 성숙기 수집상황

이 시기는 1976년 '4인방'이 타도되어서부터 현재까지가 해당된다. 이른바 개혁개방 이후 시기를 가리킨다. 개혁개방 후 중국조선족 설화 수집은 새로운 발전단계에 들어섰다. 그 중요한 계기는 중국공산당 제11기 제3차 전원회의의 전략적 결정이다. 이 회의에서는 '문화대혁명'의 종말을 고하고 그 이전에 존재하던 좌경적 오류를 전면적으로 시정하며 사상을 해방하고 심사숙고하며, 실사구시(實事求是)하여야 한다는 지도방침을 확정하였다. 중국 현대정치의 해빙기가 시작된 셈이다. 이로부터 중국조선족 구비문학가들도 설화를 포함한 민족문화를 마음대로 고취할 수 있게 되었다.

1977년 11월부터 1978년 8월 사이에 정길운, 이동구, 이황훈, 김태갑 등 구비문학가들은 네 차례에 걸쳐 훈춘, 도문, 안도, 돈화, 왕청 등 현, 시에 내려가 '문화대혁명' 시기에 소각된 설화와 민요 자료들을 다시 수집하기 시작하였다.

1978년 10월, 중국민간문예연구회 연변분회가 회복되고 잇따라 '문화대혁명' 시기 민간연예인과 설화 수집정리자, 그리고 설화 ≪천수≫에 들씌워졌던 '잡귀신', '반동작품' 등의 죄명이 벗겨졌으며 명예가 회복되었다.

1979년 9월, 연변민간문예연구회에서는 동북3성의 50여 명 '이야기꾼'들이 참가한 '옛날이야기대회'를 열고 168편의 설화를 채록하였다.

이런 바탕 위에서 연변민간문예연구회에서는 제1차 1983년 3월부터 4월까지, 제2차 1984년 5월부터 6월까지 중국조선족 구전설화에 대해 두 차례에 걸쳐 현지조사를 진행하였다. 제1차 조사에서는 김태갑, 박창묵, 김재권 등 구비문학가들이 흑룡강성 해림현, 길림성 서란현 등 여러 곳에서 200여 편의 구전설화를 새로 수집했으며 정도원, 이순기, 박순암 등 재능 있는 '이야기꾼'들을 발견해냈다. 제2차 조사에서는 요녕성의 심양, 단동, 개현, 길림성의 반석현 등지를 돌아다니며 50여 명의 '이야기꾼'을 방문하여 200여 편의 설화를 수집하였다.

두 차례의 현지조사를 통하여 구비문학가들은 동북3성에 분포된 중국조선족 구전설화의 실태를 구체적으로 파악할 수 있었다.

1985년 이후 전반 중국 경내에서 진행된 구비문학 집성(集成)의 편집 활동을 계기로 연변지역과 목단강, 심양, 단동지구에 산재한 중국조선족 구비문학가들은 본 지방의 구비문학 유산에 대한 본격적인 조사를 진행했다. 이 과정에 정길운, 박찬구, 박창묵, 김재권, 이용득, 배영진, 강신극, 임승환 등 구비문학가들은 산간벽지의 촌락으로 깊이 들어가 황구연, 차병걸, 김덕순 등 새로운 이야기전문가, 이야기대가를 발견하였다.

이 밖에 1990년 흑룡강성에서 '조선족 옛이야기 현상모집' 활동을 전개하여 252편 설화를 수집하였고, 1992년 12월부터 연변 TV 방송국에서는 매주 정기적으로 민담프로를 내보내기 시작하였다.

전반적으로 놓고 볼 때 개혁개방의 새로운 역사시기에 중국조선족 구비문학은 거족적인 발전을 가져오면서 그 수집의 성숙기에 들어섰다.

이 시기 많은 중국조선족 이야기전문가, 이야기대가의 출현이 단연 돋보인다. 중국조선족 3대 '이야기대가'로 꼽히는 황구연, 차병걸, 김덕순의 경우를 잠깐 보도록 하자.

황구연 노인은 1987년 79세를 일기로 세상을 떠나기 전까지 선후하여 530여 편의 설화를 구술했는데, 그중에 일부가 <천생배필>, <파경노>, ≪黃龜淵故事集≫(중국어판) 등 설화집으로 출판되었다.

차병걸 노인은 설화구술 및 민요가창과 판소리 등 여러 방면의 민간예술에 다재다능한 민간연예인으로서 420여 편의 설화를 구술했는데 그중에 ≪팔선녀≫에 120편, ≪주부의 눈물≫에 장편민담 2편이 수록되어 출판되었다.

김덕순 안노인은 1989년 89세를 일기로 돌아가셨는데, 구술한 150여 편의 설화 중 106편이 ≪金德順故事集≫(중국어판)으로 출판되었다.

이 밖에도 김규찬, 박병관, 김명성, 심윤천, 유증표, 김태락 등 100편 이상의 설화를 구술할 수 있는 중량급 '이야기꾼'들이 이곳저곳에서 많이 배출되었다.

한족(漢族)의 경우처럼 100편 이상 이야기구술자들을 '故事大王'이라고 할 때 중국조선족은 대강 잡아도 '故事大王'이 10여 명이나 된다. 인구비례로 놓고 볼 때 대단한 숫자다.

이 시기에 들어서 중국조선족 설화는 수집, 정리되는 족족 신속하게 활자화되어 발표되거나 출판되었다. 개혁개방 전까지 중국조선족 설화집으로는 ≪인삼처녀≫, ≪천지의 맑은 물≫, ≪천도복숭아≫등 몇 권이 있었을 뿐이었으나 1979년 이후 현재까지 『연변일보』, 『길림신문』, 『흑룡강신문』, 『요녕조선문보』 등의 신문과 ≪천지≫, ≪아리랑≫, ≪도라지≫, ≪장백산≫, ≪송화강≫, ≪예술세계≫, ≪은하수≫85) 등의 문예지들에 많은 구전설화가 게재되었을 뿐만 아니라 국내의 중앙민족출판사, 연변인민출판사, 요녕민족출판사, 흑룡강조선민족출판사, 중국민간문예출판사, 상해문예출판사, 춘풍문예출판사, 그리고 한국의 일부 출판사 등 국내외에서 무려 2,500여 편에 달하는 65종 72권86) 이상의 중

---

85) ≪은하수≫는 2001년에 경영재정난으로 폐간되었다.
86) 중국조선족 설화의 구체적 자료상황은 『중국조선족 구전설화연구』(김동훈, 한

국조선족 설화관계 작품집이 출판되었다. 그리고 현재 연변민간문예가 협회에서 박창묵, 권철을 고문으로 하고 김동훈을 주간으로 하여 '중국 조선족 민간문예총서 편집위원회'를 구성하여 체계적으로 꾸준히 「연변 민간문예총서」를 펴내고 있다. 그리고 이용득 주간으로 2000년부터 발행한 월간지 『민간이야기』를 비롯한, 신문잡지에서 지금도 설화는 계속 쏟아져 나오고 있다. 이런 설화집들이 거의 다 1949년 새 중국 성립 이후에 발간된 것이라 할 때 현재까지 1년에 한두 책씩 나온 셈이니 대단한 속도와 규모라 하겠다. 200여만 중국조선족 인구에 설화집 72 권은 그 속도와 규모에 있어 실로 대단한 것이라 할 수 있다. 현재 연 변민간문예가협회에서 이런 설화에 대해 여러 방면에 걸쳐 조직적으로 일을 잘해나가고 있다. 구세대나 신세대의 설화 수집자들이 서로 협조 하며 그 수집이나 연구에 몰두하고 있다. 현재 한국에서도 이렇게 수집 된 중국조선족 설화들이 출판되고 있다. 학자들의 관심도 매우 크다고 할 수 있다.

전반적으로 볼 때 중국조선족 설화 수집은 상승일로를 그으면서 기 꺼운 성과를 거두었다. 그러나 문제가 없는 것은 아니다. 적어도 다음 의 세 개 문제는 짚고 넘어가야 할 줄로 안다. 첫째, 설화 수집에서 편 향성 문제이다. 개혁개방을 한 획으로 그어놓고 볼 때 그 이전 시기 수집에 있어서 사상교육에 기준점을 두다 보니 이른바 종교, 미신 등과 관계된 설화들을 거세하거나 개작을 하거나 만들어내는 경우도 있다. 개혁개방 이후 시기를 놓고 보면 항일 관계 설화 수집에 있어서 중국 공산당 관련 설화는 체계적으로 많이 수집하고 韓민족 민족주의 독립 군계통 관련 설화는 그리 수집하지 않는 상황은 그간의 한 보기로 된 다. 이로부터 민간문학으로서의 설화의 진면모에 손상이 가거나 일그러 진 모습밖에 볼 수 없다. 둘째, 설화 수집에 있어서 설화자료 데이터가

국문화사 1999)의 「부록」「1.중국조선족 구전설화자료 요목과 간평」, 『中國 朝 鮮族說話의 綜合的 硏究』의 「3.2.2조선족 민담의 분류」 부분을 참조하라.

구전하지 못한 경우가 많다. 예컨대 민담 관련 자료를 보건데 구술자, 채록자, 시간, 지점 등 설화자료 데이터가 구전한 자료집은 『민간문학 자료집』 제3집, 제4집 그리고 ≪사랑산≫, ≪바우돌과 현부인≫, ≪소년부사≫, ≪고산장군≫, ≪불로초≫, ≪효부종≫, ≪짜개바지≫, ≪천안삼거리 능수버들≫, ≪백두산전설≫, ≪천년 묵은 호랑이≫, ≪朝鮮族故事集≫(一)[중국어판] 13권뿐인 것으로 총 42권의 절반에도 못 미치고 있다.[87] 셋째, 지나친 윤문가필 문제를 꼽을 수 있다. 중국조선족 설화 텍스트를 보면 구어체보다는 서사체가 많고 단문보다는 장문이 많으며 소박한 어구보다는 미사여구가 많다. 편폭도 상당히 긴 것이 대단히 많다. 한마디로 말하여 문인의 창작이야기인 듯한 느낌을 주는 것이 많다. 이런 문제들은 설화 수집자들이 사상관념을 갱신하고 설화에 대한 올바른 지식을 갖춤으로써 자연히 해소될 것으로 기대된다. 개혁개방 후 설화 수집에서 '첫째' 문제가 많이 해결된 것은 그간의 사정을 잘 말해준다.

2) 연구현황

중국조선족 설화는 무시할 수 없는 韓민족의 귀중한 문화유산이다. 이에 대해 최인학 교수는 「연변조선족 구비문학 발달 — 민담집엔 모국서 사라진 옛날이야기 가득」이라는 감회를 토로한 바 있다. 오늘날 이념의 대립이 뒤안길로 사라지고 냉전이 종식됨에 따라 세계적으로 민족정체성에 대한 추구가 그 어느 때보다도 고양되고 있다. 중국조선족 설화에 대한 연구를 통하여 1차적으로 韓민족의 민족정체성을 다시 한 번 확인하는 계기를 마련할 것으로 기대된다. 다음 중국조선족 설화에 대한 연구는 미래지향적으로 볼 때 중국조선족문학사, 남북한통일문학

---

87) 『中國 朝鮮族說話의 綜合的 硏究』의 「3.2.2조선족 민담의 분류」 부분을 참조하라.

사, 나아가서는 범韓민족문학사를 집필하는 데 일조할 것이다.

중국조선족 설화에 대한 연구는 1950년대 중기부터 시작하여 지금까지 근 50여 년의 역사를 가지고 있다. 1976년 중국의 '문화대혁명'의 종말을 전환점으로 하여 이것을 다시 확연히 구별되는 전후 두 개 단계로 나누어 볼 수 있다. 아래에 연구의 역사적인 맥락을 따르되, 관련 글이나 논문을 유형별로 개괄하면서 그 내용을 검토해보도록 한다.

첫 번째 단계의 연구 상황을 놓고 보면, 당시 구비문학에 대한 인식이 부족하고 수집 사업이 제대로 되지 못한 상황에서 중국공산당의 방침과 정책을 선전하고 해석하는 사설, 논평으로 흐르고 말았다. 물론 이것은 1950년대 후반기~1960년대 초반에 걸쳐 중국공산당이 신구(新舊)사회 대비를 통한 사상적 교양에 주안점을 두고 정책적 차원에서 일으킨 전국적 범위에서의 신민요(新民謠), 신고사(新故事) 수집 및 창작 붐, 그리고 그 이론적 뒷받침에 기인된 것임은 두말할 나위도 없다. 이로부터 이런 글들은 대개 지방의 문예지도자들에 의해 쓰였다. '민족 민간문예를 중시하자'(동민)[88], '민간구전문학을 연구하는 과업을 정확히 진행하자', '민간문학 발굴사업을 잘하자'(정길운) 등 여러 편의 사설들에서 논자들은 구전 설화문학 유산을 발굴해야 하는 중요성, 필요성, 긴박성을 천명하고 구전문학의 사회적 교화 작용을 특히 강조하였다. 따라서 이런 유의 연구는 구전문학이 구전문학으로서의 문화적 가치와 심미적 가치를 충분히 제시하지 못하였고 주술, 풍수, 불교 등과 관련된 설화들을 봉건사회의 미신과 동일시한 데서 수많은 가치 있는 설화들의 수집에 차질을 빚는 계기를 가져오게 되었다. 정치, 사회적 관점에서 이런 중국공산당 정책적 해설과 더불어, 이 시기에도 구전설화의 기본지식을 보급하기 위한 글, 이를테면 「신화에 대하여」(정길운),

---

88) 본고에서 밝히지 않은 중국조선족 설화에 관한 연구논문 및 저서의 구체적 출처는 『중국조선족 구전설화연구』의 「부록」「2.중국조선족 설화관계논문 일람표」를 참조하라.

「전설의 초인간적 역량에 대하여」(정길운), 「민담 <화과>에 대하여」(한광춘) 등 짤막하나마 이론적 글들과 평론문들이 이따금 발표되기도 했다. 이러한 이론적 글과 평론들은 대부분 구소련 경향의 구전문학 이론을 그대로 받아들인 것이었으나, 그것이 중국조선족의 초학자들에게 이론적 자질을 높인다는 면에 있어서 적극적인 계몽작용을 일으켰음은 의심할 나위도 없다. 그러나 이러한 경향도 얼마 가지 못하고 1966년부터 1976년까지 10년간 지속된 이른바 '문화대혁명' 시기에 들어서서 꺾이고 말았다.

1976년 '문화대혁명'의 종식과 사상해방운동이라는 해빙기를 맞아 시작된 두 번째 단계의 연구 상황은 첫 번째 단계에 비해 획기적인 발전을 가져오고 있다. 이 시기는 가히 본격적인 연구에 진입했다고 말할 수 있다. 이 시기에 무려 70여 편의 연구논문들이 발표되고 여러 권의 연구저서들이 출판되었는데 이것은 그야말로 동시다발적인 활발한 연구가 이루어지고 있음을 나타내는 증거라 할 수 있다. 바꾸어 말하면, 중국조선족 설화에 대한 연구가 여러 면에서 심도 있게 이루어졌다는 말이 되겠다.

이 시기 중국조선족 설화연구에 있어서 정길운, 김용식 등 재능 있는 기성세대 구비문학 연구가들이 한분 한분 역사의 뒤안길로 물러서기 시작하고, 새로운 구비문학 연구가들이 나타나기 시작하였다. 이른바 세대교체가 이루어졌다. 그러면서 대학교 교수를 비롯한 학자들이 구비문학에 흥취를 가지고 연구에 임함으로써 구비문학 연구의 전문화가 이루어졌다. 그리하여 김동훈을 비롯한 전문 중국조선족 구비문학 연구가가 나왔을 뿐만 아니라 전문 중국조선족 구비문학을 전공한 석사과정 대학원생도 나타나기 시작하였다. 그리고 구비문학 연구가들 사이에 연계를 취하고 단체를 뭇고 연구를 추진하였다. 이를테면 1988년 9월, 흑룡강성에도 강신극, 임승환 등 전문가를 비롯한 56명의 구비문학 연구가들로 조선족민간문예연구회를 결성하였다. 이로부터 흑룡강성

전역의 중국조선족 설화를 커버할 수 있는 광범위한 네트워크가 형성 되었다.

이 시기 중국조선족 설화를 전반적으로 조명한 논문들로는 「조선족 구 전문학개관」(조성일), 「조선족 설화에 대한 개략적 고찰」(조성일), 「조 선족 구비문학에 대하여」(김동훈) 등을 대표로 꼽을 수 있다. 물론 이 런 논문들은 중국조선족 설화의 개념 및 범주 등, 기초적인 학술용어 정립에 있어서 혼선 및 개술적인 언급에 그치고 만 아쉬움이 없는 것 은 아니지만 그래도 나름대로 본격적인 설화이론을 곁들여 체계적인 조명을 하고 있다.

이 시기 중국조선족 설화 관계 연구논문들을 전반적으로 개관하건대, 전설 관계 논문들이 상당한 비중을 차지하고 있음을 알 수 있다. 그것 은 이런 전설들이 워낙 조선족의 삶과 밀착되어 향토지방적 색채가 진 한 데 그 1차적 원인이 있지 않을까 한다. 이 방면의 논문들은 중국조 선족 전설의 개념, 범주 정립 및 분류, 구조, 의미해석에 이르기까지 나름대로의 체계적인 연구특성을 드러내고 있다. 중국조선족 전설에 대 한 향토전설과 식물전설 그리고 발해 관계 전설과 백두산 전설군과 같 은 개념 정립은 일단 중국조선족 전설의 특색을 잘 포착한 것으로 생 각된다. 석사학위논문인 「중국조선족 향토전설의 형성과 그 심미적 특 성」(윤송봉), 그리고 「중국조선족 향토전설 연구」(최삼룡)는 그 테마에 서 시사하고 있듯이, 주로 중국조선족 향토전설의 형성과 개념 정립 및 미학적 특성에 대해 비교적 깊이 있는 논지를 전개하고 있다. 「백두산 전설군에 대한 연구」(김동훈)는 중국조선족의 원형이미지로서의 백두산 에 얽힌 일련의 전설들에 대하여 다양한 시각으로 조명하고 있다. 「발 해국 비극전설의 분류 및 형식과 구조적 특점」(임승환)에서는 중국조선 족 전설에 있어서 고구려 관계 설화와 함께 독특한 한 그룹을 이루고 있는 민족적 향수를 자아내는 발해 관계 전설에 대하여 주로 형식적 차원에서 다각적 분석을 진행하고 있다. 이 외에 「조선족 전설의 민족적 특성을 논함」(박창묵)은 중국조선족 향토전설들의 민족적 특성에 대하여 주로 전설에 반영된 특유한 지리적 환경과 중국조선족의 민족적 생활 및 역사적 발자취, 그리고 민족적 성격에 대하여 논의하고 있다.

상대적으로 민담 관계 논문은 「조선족효행민담을 두고」(김금자), 「중국, 일본, 조선의 날개옷형 옛말의 비교로부터 본 중국조선족 <목동과 선녀>이야기의 특징」(김도권), 「<시집간 딸>에 관한 일부 설화의 구조적 특징과 역사적 원인」(허용구) 등 논문에서 볼 수 있듯이 효행민담, 백조처녀형 민담 등 유형별 연구가 특색을 띠고 있다. 이것은 연구가들이 중국조선족 민담의 내용 및 구조적 보편성에 주목한 자연스러운 결과가 아닌가 생각된다. 그리고 근간에 발표된 「중국조선족 민담에로의 비교문학적 접근」(김관웅)도 중국조선족 민담의 세계적 보편성 특성에 착안하여 참신한 연구 시각과 방법을 제공해준 주목할 만한 논문으로 꼽을 수 있다. 그리고 대다수의 중국조선족 민담이 韓민족 전래민담 및 그 변종임이 파악되면서 중국조선족 민담의 변이적 특성에 대한 연구가 돋보이게 되었다. 「중국조선족 재래설화의 변이고」(최삼룡), 「중국지역 조선족 설화의 변이 양상」(김동훈) 등의 논문은 비록 한국 전래설화의 기본 모티프 유형 차원에서가 아니라 한국 전래의 어떤 개별 설화와 이것에 상응한 중국조선족 설화의 1대1의 비교를 통해 그 변이양상을 밝힌 협소한 범위의 논의에 그치고 만 아쉬움이 남지만 비교학적 연구방법으로 그 나름대로의 독특한 연구 경지를 개척했다고 말할 수 있다. 이와 같은 변이 관계 방면의 연구는, 좀 뒤에 나오는 한국 부산대학교 국문학과 이헌홍 교수의 논문 「제3부 구비문학에 나타난 전통과 변이」(『중국조선족문학의 전통과 변혁』 김승찬, 김중하, 김준호, 박남훈, 이헌홍, 조태흠 공저)에서 설화구술의 현장, 설화구조의 이데올로기 지향성, 구술전통과 이데올로기의 상관성, 서술방식의 변모와 구연의 기능, 이데올로기적 요소의 부각과 서사구조의 변개로부터 체계적이고도 심층적인 연구가 진행되면서 비교적 원만한 결실을 보게 된다.

이 밖에 중국조선족 설화연구에 있어서 구술자 및 수집자 관계 연구
도 상당한 성과를 보이고 있다. 「조선족 구전문학의 수집정리에서 거둔
성과」(임범송), 「민간문학가 정길운론」(김동훈), 「민간문예연구일군 이용
득에 대한 이야기」(김휘), 「민담 전승인을 두고」(이창인), 「민담전승선
로에 대한 탐구」(이창인), 「차병걸 민담의 전승과정 및 풍격」(임승환),
「귀중한 재부, 비옥한 토양 — <황구연민담집> 머리말」(박창묵, 김재권)
등의 논문들은 구전설화의 채록 과정에서 지켜야 할 일반원칙과 더불
어 민담전승인, 전승선로 및 그 성격에 대해 여러모로 유익한 탐구를
시도하였다. 이 방면의 연구에서 이창인의 「민담 전승선로에 대한 탐구」,
「민담 전승인을 두고」라는 두 편의 논문이 단연 돋보인다. 이 두 편의
논문은 중국조선족 민담구술자 및 민담대가들이 민담의 내원 및 그 전
파에서 나타내고 있는 민담전승선로, 이를테면 가족전승선로, 사회전승
선로 및 이 두 전승선로의 나선식 반복 등의 특징에 대해 구체적으로
논술했으며, 민담전승인을 미량급 → 중량급 → 거량급으로 레벨이 한 차
원씩 높아지는 세 유형으로 구분했고, 민담전승인 활동의 시간·장소적
특징에 대해 논술했으며, 중국조선족 민담전승인들의 상황을 고려하여
중국조선족 구비문학 유산 발굴에 있어서의 시급한 대책 마련을 촉구
했다.

중국조선족 설화연구에서 특기할 것은 중국의 개혁개방이 본격화됨
에 따라 1990년대에 들어서서는 그 연구가 국제적 조명을 받기 시작했
다는 점이다. 1989년 한국은 북한을 위시한 사회주의권 서적에 대한
이른바 '금서(禁書)' 조치를 해제하기 시작해서, 1991년 「朝鮮族口碑文
學叢書」全 21冊[89](김선풍 편저)이 국내에서 발행된 것을 계기로 한국
구비문학 연구가들이 중국조선족 설화에 대해 관심을 가지기 시작했다.
「조선족 설화연구」(김선풍), <연변지역 조선족문학 연구>(蘇在英·權哲·

---

89) 이 가운데 중국조선족 설화관계 자료집은 1~16冊이다.

金東勳・曺圭益)의 「제4부 설화의 양상과 특질」(蘇在英), 「연변조선족 구비문학발달 — 민담집엔 모국서 사라진 옛날이야기 가득」(최인학), 「중국조선족 설화의 분석」(최인학) 등등은 그 보기가 된다. 그리고 고려대학교 민족문화연구소에서 1990년 11월 「한민족에 있어서 백두산설화의 의미」와 1991년 11월 「재중 한민족 설화의 연구」라는 주제로 두 차례에 걸쳐 국제적인 연구발표회와 토론회를 개최하였고, 이어 1992년 9월 이 두 학술회의 주제발표 논문들과 토론 내용 등을 함께 수록하여 「白頭山說話 硏究」라는 제목으로 단행본을 발간했다. 이어서 「백두산설화」(최인학)라는 저서가 나오면서 韓민족의 구심점으로서의 백두산 원형이미지에 얽힌 설화전반에 대한 연구도 국제적인 유대 속에서 그 연구의 한 단락이 마무리된 듯하다. 한국에서의 중국조선족 설화에 대한 연구는 아직 시작에 불과한 것이지만 그 참신한 시각, 새로운 연구방법은 중국조선족 설화연구에 많은 시사점을 주고 있다. 그런데 중국조선족 설화연구에 있어서 이런 국제적 유대 속에서의 조명은 현재 겨우 한국 측하고만 유대관계를 유지하고 있는 만큼 그 연구의 폭을 더 넓혀나갈 필요가 있다.[90]

중국조선족 설화연구는 위와 같은 많은 성과들을 거두었음에도 불구하고 미래지향적으로 볼 때 연구 이론 및 시각, 방법 등 여러 면에서 아직 많은 문제점들이 노정되고 있다. 전반적인 연구 이론 및 시각, 방법을 놓고 볼 때 아직 미숙하고 초보적인 단계에 놓여 있다. 위의 「전설 <진달래>에 대하여」(조성일), 「활짝 피어난 인민창작이여 — <장백산>에 발표된 민간이야기를 두고」(이용득), 「민간이야기집 <백일홍>을 읽고」(이정문) 등은 그 제목 자체에서 보아낼 수 있다시피 설화연구라고 하기보다는 소감을 발표하는 듯한 곧, 일반적인 소개 혹은 담론의 단계에 머물러 있는 형편이다. 그리고 연구시각의 편협성 및 방법의 단

---

90) 필자가 조사한 바로는 북한에서 중국조선족 설화에 대한 연구는 아직 보이지 않고 있다.

순함은 피상적인 연구에서 벗어나 심층적인 연구로 나아가지 못하는 걸림돌이 되고 있다. 장기간에 걸친 단순한 인상비평적인 연구 타성은 설화 자체의 심도 있는 내재적 연구보다는 단순한 인상을 기술하는 외재적 연구에 많이 치우치고 있다. 그리하여 설화 분석에 있어서 보다 많이 사회적 의의나 가치에 치중점을 두면서, 결국은 형식을 등한시하는 결과를 초래하고 있다. 예를 들어 설화 분류 하나만 놓고 보더라도 국제적인 시각의 개방적이고 다각적인 조명은 겨우 시작에 불과하고, 전통적인 분류법에 따른 분류가 주류를 이루고 있다. 그리고 중국조선족 설화의 전승변이 양상 및 그 의미내용의 민족적 상징성에 대한 체계적인 파악은 아직 제대로 이루어지지 못하고 있는 형편이다.

그러므로 체계적인 모티프(Motif), 타이프(Type) 분류 및 그것의 비교학적인 접근, 더 나아가서 전승변이 양상 연구와 상징적 의미해석과 같은 보다 심층적인 연구가 이루어져야 할 것이다. 근간에 이 방면의 연구에 있어서 타이프 유형 차원의 의미론적 비교연구로서 논문집 『朝漢民間故事比較硏究』(김동훈 주간, 요녕인민출판사 2001)와 종합적인 연구로서 『중국조선족 구전설화연구』, 『中國 朝鮮族說話의 綜合的 硏究』가 있기는 하나 아직 많이 미흡한지라 계속 연구가 이루어져야 할 줄로 안다.

참고문헌

이원길, 「중국조선족문학사에서의 또 하나의 혜성」, 『문학과 예술』, 중국 연변 사회과학원, 2001년 5월호,

이명재, 「민족 수난기 항일문학의 표상」, 『문예중앙』, 계간 2001년 여름호,

『강원도민일보』, 「일제의 항거 곳곳한 절개 시에 고스란히」, 2001. 3. 1.

『강원도민일보』, 「저항시인 심련수 '생가터 찾았다'」, 2000. 8. 21.

『광주매일신문』, 「또 하나의 저항시인 용정의 심련수」, 2000. 7. 10.

김재호, 『한국 현시의 사적 탐구』, 일지사, 1998.

이근전, <고난의 년대> 1, 2, 3, 4권, 세계도서출판, 1988.

단행본

권 철, 임범송, 『조선족문학연구』, 흑룡강조선민족출판사, 1989.

김호웅, 『在滿朝鮮人文學硏究』, 한국국학자료원, 1997.

조성일, 권 철, 『중국조선족문학사』, 연변인민출판사, 1990.

오양호, 『日帝强占期滿洲朝鮮人文學硏究』, 문예출판사, 1996.

오양호, 『韓國文學과 間島』, 문예출판사, 1988.

최삼룡 등, 『20세기 중국조선족문학선집』, 문학평론선집, 연변인민출판사, 1999.

채 훈, 『日帝强占期在滿韓國文學硏究』, 깊은 샘, 1990.

국제고려학회아세아분회, 「중국조선족공동체연구」, 연변교육출판사, 2000.

논 문

김동훈, 한정순, 「해방전 재중조선족문학과 재미한인문학의 비교」, 세계 속의 한국(조선)문학비교연구 국제학술토론회, 2001.

김동활, 「<고난의 년대>에 대한 본체론적 사고」, 『문학과 예술』, 사회과학원출판사, 1988.

김호웅, 「이근전론」, 『중국조선족작가연구』, 흑룡강출판사, 1989.

림국웅, 「이방인과 경계인의 이중주」, 세계 속의 한국(조선)문학비교연구 국제
    학술토론회, 2001.

장춘식, 「현경준의 이민소설 연구」, 세계 속의 한국(조선)문학비교연구 국제학
    술토론회, 2001.

장춘식, 「두 세대 인물 형상의 의의」, 『20세기 중국조선족문학선집』 4, 연변인
    민출판사, 1999.

조성일, 「장편소설 <고난의 년대> 상권의 사상예술적 특색」, 『중국조선족 소설
    문학론』, 연변교육출판사, 2003.

연변대학 제1차 중국조선족문화학술토론회 논문집, 「중국조선족문화연구」, 연
    변대학출판사, 1993년.

조룡호, 박문일, 『21세기로 매진하는 중국조선족발전방략연구』, 요녕민족출판
    사, 1997년.

중국조선족 역사상식, 주필 김철수, 강룡범, 김철환, 연변인민출판사, 1998년.

세기교체의 시각에서 본 중국조선족, 김종국, 연변인민출판사, 1999년.

중국조선족 현상태 분석 및 전망연구, 연변대학출판사 2000년.

중국조선족공동체연구, 국제 고려학회 아세아분회, 연변교육출판사, 2000년.

임향란 　•약 력•

(林香蘭)　1962년 중국 길림성 연길시에서 태어났음.
　　　　중국 길림성 연변대학 조문학부 함수 졸업
　　　　중국 길림성 연길시 연변대학 도서관사서 근무
　　　　한국 경북 안동시 안동대학교 인문대학 문학석사 졸업
　　　　한국 인천시 인천대학교 인문대학 문학박사 졸업
　　　　한국 안동대학교 어학원 시간강사
　　　　한국 장신대학교 중국어 시간강사
　　　　한국 세명대학교 중국어문학과 초빙교수
　　　　현재 중국 중경시 사천외국어대학교 한국어학과 교수
　　　　조선－한국학 연구중심 주임

　　　•주요논저•
　　　「심연굿 시 연구」(석사논문)
　　　「한중 재자가인소설류 비교연구」(박사논문)
　　　『한중영과학기술정보술어사전』
　　　『한국기업목록』
　　　『무속원형질로 본 조선판소리계소설』(공저)
　　　『중국 조선족문학에 나타난 고향의식』
　　　『한국고려애정시가 연구』
　　　『중국의 종규와 한국의 처용과의 비교연구』
　　　『혁명적 낭만주의와 인간적 사실주의』
　　　『설도와 황진이 비교연구』
　　　『한국 고대 에로스 문학연구』
　　　『중국 서부지역에서의 한류와 소수민족』
　　　외 다수

조선족문학에 나타난 삶의 현장과 의식 변화

- 초판 인쇄   2008년 5월 15일
- 초판 발행   2008년 5월 15일

- 지 은 이   임향란
- 펴 낸 이   채종준
- 펴 낸 곳   한국학술정보㈜
             경기도 파주시 교하읍 문발리 513-5
             파주출판문화정보산업단지
             전화   031) 908-3181(대표) · 팩스   031) 908-3189
             홈페이지 http://www.kstudy.com
             e-mail(출판사업부)   publish@kstudy.com
- 등   록   제일산-115호(2000. 6. 19)
- 가   격   22,000원

ISBN   978-89-534-6565-7 93810 (Paper Book)
        978-89-534-6566-4 98810 (e-Book)